U0650520

亦

舒

作

品

亦舒

- 作品 -

33

灯火阑珊处

CTS

湖南文艺出版社

博集天卷
CS-BOOKY

灯火阑珊处

目录

灯火阑珊处

壹·

一个人吃什么穿什么敢情都是注定的。

八岁时

江宁波与邵正印一直在一起玩的原因很简单，她俩同一个外公外婆，是姨表姐妹。

她们的母亲是两姐妹，一个嫁姓江的，一个嫁姓邵的，故宁波与正印，相貌长得极其相似。

可是身世差得老远，简直堪称是两个世界里的人。

环境造人，性格亦南辕北辙，绝不相同。

宁波家贫，父亲是中大报馆的一名副编辑，个性耿直，资质平凡，不擅吹拍，十年也不升一次职，三年才加一次薪水，全家一直过紧日子。

宁波母亲教官立小学，科科有份，一脚踢，体育课还需换上短裤球鞋与小学生一起蹦蹦跳跳，感觉尴尬。

宁波自幼懂得生活不是什么乐事，比较独立，懂得照顾自己，在学校是模范生。

正印却是另外一种人，虽与宁波同年，能力像是低了一大截，皆因家世不一样。

邵某自从生下这个女儿之后，忽然间生意得法，一日比一日发财，他的小型制衣厂偶然被一名美籍犹太人看中，发下订单，赶制名牌，不虞销路，邵家房子越搬越大，终于趁一个地产低潮，眼光独到的邵太太咬一咬牙，买下渣甸山一幢独立小洋房，时隔五年，房价已涨了十倍。

邵某本人亦为此好运摸不着头脑，困惑地对妻子说："这都是小正印带来的吧，一个人吃什么穿什么敢情都是注定的。"

邵太太肯定地说："我们要与亲友分享此好运。"

她只得一个姐妹，便是宁波的母亲。

趁一次宁波的母亲进医院做小手术，借口怕宁波乏人照顾，便把她接了来家住。

那年宁波与正印均八岁。

邵太太这才发现人家女儿八岁与邵家女儿八岁居然有那么大的距离。

宁波会自己穿衣收拾书包准备上学，宁波甚至知道学校在什么地方，会搭公路车，宁波下了课立刻做功课，一开饭随传随到，自愿洗头洗澡，给什么衣服穿什么，还有，会说谢谢，说请，说不用费心。

邵太太大开眼界，方知道儿童也可以这样文明。

正印每早赖床，三催四请，拖拉着起来，大哭大闹，上了车还打哈欠，到了学校不愿下车，从不肯好好做功课，气走补习老师，自小是电视迷，口头禅是不、走开、不行……

挑菜吃，特别爱吃鱼，可是怕骨头，由一个家务助理专替她挑鱼骨头，洗澡水凉了不肯去洗，那把天然卷发得去店里理，衣履全是名牌子。

其劣行罄竹难书，总而言之，邵太太叹道："见了宁波，才知道正印是怪物。"

邵先生说："这话别让正印听见。"

"我已决心栽培宁波。"

正印唯一可爱之处，是她像她母亲般爱护宁波。

这是很难得的美德。

她没有看不起她，她从不踩她，她与她友爱。

故此宁波愿意住在正印家好长一段日子。

二人遂成为莫逆。

呵，列位看官，这不是一个有关两个身世截然不同的女孩日后如何挣扎成才的故事。

是否能够出人头地并不重要，做人最要紧的是快活。

这个故事，有关宁波与正印两名女生如何追求男孩子，并且怎么样在其中找到不可思议的乐趣。

甚至得与失都不是问题。

过程够刺激愉快已经足够。

因此，这是一个快乐的故事，这是一个喜剧，不是悲剧。

现在，让我们再回到故事里去。

每逢假期，宁波总到阿姨家去住上一长段时间。

一天，宁波在房里温习功课，书桌背门向窗，她觉得有人在看她，便转过头去。

原来是阿姨在门边张望，宁波连忙站起来微笑："阿姨，我以为你午睡。"

邵太太拉着外甥女的手："看背影，你与正印是一个印子，可是她怎么会像你那样乖。"

宁波只是笑。

"你来看看她的房间。"

推开房门，只见一床一地是玩具课本衣服，乱得一团糟。

邵太太嘀咕："天天都得叫用人收拾一小时，不见什么东西，从来不找，一个劲叫：我的球鞋、劳作[1]、琴谱、丝带在什么地方？脾气坏到极点，性格顽劣，从没见过那样的孩子。"

宁波仍然低着头微笑。

"有一半像你就好了。"

---

[1] 劳作：指手工。

宁波这时才说:"正印性格明朗快活。"

阿姨仍然抱怨:"可是你看她那生活习惯!宁波,你也不教教她。"

这次宁波毕恭毕敬地说:"阿姨,正印有她自己的个性,你看她多健康活泼天真。"

一言提醒了邵太太,不由得笑出来,这倒是真的,做人,三餐一宿之外,最要紧是开心。

既然她高兴,父母应该心足。

事后,邵太太对丈夫说:"上帝最公平不过,景惠家一直不富裕,健康也差,可是却生了那么聪明懂事的女儿。"

当下,她对宁波说:"三岁看到八十,那么,只好随她邋遢下去了。"

宁波颔首:"正印只是性格潇洒。"

话还没说完,正印已自芭蕾舞班回来了。

她穿着粉红色纱衣缎鞋,边走边脱下这副装束,见了宁波,一手拉着。

"宁波宁波,你怎么一直不说?"

宁波笑："没头没脑，说什么？"

"罗锡为与你同班。"

是这样的，宁波与正印同念明辉小学，却不同班，宁波功课好，读甲班，正印不用功，在乙班。

这罗锡为，坐在宁波身后。

"是有这么一个人，高个子，比别的男生文静。"

"我在提琴班上碰见他。"语气好不兴奋。

"哎呀，"宁波想起来，"我忘了帮你的提琴上弦，马上做。"

她立刻把提琴取出，先琤琤玖玖拉两下，把断弦除下，小心装上新弦。

正印一直问："我以前怎么没注意到罗锡为这个人？他好可爱，帮我拎提琴盒子。"

上好了弦，宁波用音叉试音。

一边说："因为你的注意力都在陈晓新身上。"

"谁说的？"

宁波笑。

她拉了半首曲子，认为满意，把琴放回盒子。

"你拉的是什么？"

"《胡桃夹子》。"

"谁教你？"

"爸爸。"

"呵对，"正印言归正传，"这罗锡为功课好不好？平常有何消遣？可否替我打听一下？还有，星期天能请他来喝下午茶吗？"

宁波笑："换句话说，你要我做你的探子？"

"就那么一次嘛！"

宁波抬起头："一次？我的感觉绝对不止一次。"

"那么，这是第一次。"

"好吧，尽管试试看。"

"宁波，这纯是为着友情，我可没有压逼你。"

"绝对没有，是我心甘情愿。"

将来邵太太问起，也就是这么说。

星期一上课，宁波忽然转过头去，朝后座的罗锡为笑一笑。

罗锡为一愣。

他是插班生，来明辉报到才三个月，班上同学都与他友好，只除出前座的江宁波，秀丽的江同学从来不看他，也不跟他交谈。她斯文有礼，功课优秀，可是罗锡为感觉到一股傲气，把她与他隔得远远。

今早她笑了。

小小面孔分外晶莹，雪白整齐的牙齿犹如编贝，罗锡为隐约可闻到一股香皂气息。

他听到她这样说："秋天了。"

"呃是，天气有点干燥，家母炖了川贝生梨给我吃。"

"罗锡为你也拉小提琴吗？"

"学了有四五年了，初学时还不大会讲话。"

"欣赏哪一位大师的琴艺？"

"海菲兹[1]。"

老师这时进课室来，谈话因此中断。

罗锡为却有意外之喜，她终于和他说话了，多好的一件事。

---

[1]　海菲兹：指亚莎·海菲兹（Jascha Heifetz），美籍立陶宛裔小提琴家。

他自后座可看她的侧脸，雪白皮肤，长睫毛，浓而卷曲的长发编成一条辫子，都说卷发儿脾气比较坏，可是罗锡为又不觉得。

好不容易等到小息，江宁波又主动转过头来："罗锡为，本周末有空吗？有人想请你喝下午茶。"

"谁？是你吗？"更加喜悦。

"不，是我们隔壁班的邵正印。"

罗锡为不语，啊，是邻班那个女同学。

他见过她当众骂司机，一点教养都没有，他不喜欢那样的女孩子，上次，在音乐班上与她招呼，是不忍看她的提琴滚下楼梯，故帮她拾起。

这时宁波说："正印是我表妹。"

"你会在场吗？"

"我会。"

"那好，星期六下午三时，我准时到邵家去。"

"有人接送你吗？"

"我大哥可以开车。"

宁波呼出一口气，任务完成。

　　本来以为是苦差，可是真的做起来，却有额外的喜悦：罗锡为居然愿意听她调派呢，多好。

　　那天放学，邵家的司机来接，宁波便对正印说："他愿意来。"

　　正印正和不知哪个同学挥手："谁？谁肯来？"

　　"咦？罗锡为呀！礼拜六下午三点，记住。"

　　"呵他，那多么好！谢谢你替我约他，即使他推辞，我也不会尴尬。"

　　"你和谁挥手？"

　　"高一班的谢柏容。"

　　宁波也知道有这个人，他是混血儿，外形非常漂亮。

　　"正印，你会记得星期六？"

　　"我都记下来了，看。"

　　宁波笑笑，不，她不认为正印会记得，正印是个大快活，做事从没有长远计划。

　　星期六下午三时，邵正印并没有回来赴约。

　　一切不出宁波所料。

　　但是宁波也有意外，罗锡为对于正印的爽约一点也不在乎，他带来一本照片簿，是那一年暑假全家往非洲肯尼亚旅行的实录，十分有趣，他为宁波详细讲解，使宁波度过一个愉快的下午。

聪明的罗锡为注意到一件事情。

"宁波你不与父母同住？"

宁波回答得很技巧："今天我也是来赴约的。"

"那你一定也住在附近，不然，不会报读明辉小学，"他停一停说，"我家快要移民美国。"

宁波忽然有一丝不舍得："美国哪个省？"

"西岸罗省[1]。"罗锡为也露出依依之情。

一个下午，可以培养出许多感情。

终于，罗家的车子回来接他，罗锡为站起来告辞。

宁波送他到门口。

罗锡为忽然说："将来，要是我们失散了，凭什么相认呢？"

宁波指着左眼角："你记得我这里有一颗痣。"

---

[1]　罗省：指美国加利福尼亚州洛杉矶市（Los Angeles）。

罗锡为笑着颔首。

他上车离去。

一车去，一车回，正印下车，诧异地问宁波："那是谁？"

宁波没好气："不是你认识的人。"

正印笑："今天晚上，谢柏容家请客，你要不要去？"

"不去！"

第二天，宁波回自己家，看到母亲正在改卷子，许久不抬起头来。

凡是这样沉默，母亲一定有心事。

而且一定和父亲有关。

宁波一向懂事，静静过去替母亲泡一杯新茶。

江太太这才抬起头来："阿姨好吧？"

"很好。"

江太太微笑："完全没有烦恼？"

"有，交了昂贵的学费，正印不肯前去上法文课。"

"何用这么早学？到了十五六岁，凡事开窍，事半功倍。"

"妈，爸爸呢？"

"和老板不开心，已经辞职，找朋友散心去了。"

宁波不语。

"你父亲，一辈子总自觉怀才不遇，这么些年了，总不检讨自己的脾气。"

"他会找到新工作的。"

自然，要求又不高，只须听几句好话，立刻心花怒放，卖命去也，不论酬劳。

江太太说："他比你更像一个孩子。"

所以宁波要快快长大。

"你住阿姨家，妈少许多烦心事。"

宁波取出一条披肩搭在母亲的肩上。

"你身上外套是正印穿剩的？"

"不，阿姨一式买了两件。"

江太太点头："阿姨对你真好。正印呢？正印那么骄矜，她有没有使你难堪？"

"正印对我无懈可击。"

"宁波，这是你的运气，"江太太叹口气，"但愿你将来无须像妈妈般劳碌。"

"妈妈能者多劳。"

自己家里总是冷清清，灯光幽暗，茶水不齐。

母亲老是为父亲的失意憔悴。

半晌她父亲回来了，明显地喝过几杯啤酒，心情不是太差，口中吟道："五花马，千金裘，呼儿将出换美酒，与尔同销万古愁！"

然后倒在旧沙发上，用一张他编的副刊遮住脸，睡着了。

江太太眉头皱紧紧："你看。"

宁波微微笑："不要紧，他仍是我爸爸。"

那晚宁波仍回阿姨家住宿。

阿姨已收到风："宁波，你爸又要转工？"

宁波无奈："是。"

叹口气："是为着老板不愿加薪？"

"不，是因为世风日下，几乎没人认得中文字。"

阿姨摇摇头："苦了你和你妈。"

"我妈是比较失望。"

"你爸的头巾气太重。"

宁波笑笑："世上的确有他那样的人。"

"宁波，记住，阿姨家就是你的家。"

比自己家好多了。

小床上有电热毯与羽绒被，临睡之前吃热牛乳小饼干，而且，正印会进来聊天。

"……谢柏容父亲在美国领事馆办事，谢柏容喜欢美式足球及冰曲棍球，谢柏容——"

宁波笑了。

"可是，"正印忽然露出沮丧的神情来，"所有女孩子都喜欢谢柏容。"

宁波夷然："我甚至不知道谢柏容的尊容！"

正印看着比她大六个月的表姐，十分钦佩："宁波你最特别了。"

宁波刚想开口，正印的话题又回到谢柏容身上去："他的眼珠有一点蓝色……"

宁波打了个哈欠。

"我喜欢同男孩子来往，"正印说，"我相信将来我的男朋友会多过女朋友。"

宁波想起来："那帧日本地图你画妥了没有？"

正印一贯瞠目结舌，如五雷轰顶般问："什么日本地图？"

宁波说："我多画了一幅，明早给你。"

正印松口气："谢柏容比我们高一班……"

第二天放学，宁波与正印结伴走出校园，正印忽然紧张地说："看，谢柏容。"

宁波抬起头，她失望了，谢柏容黄头发黄眼珠，甚至连皮肤也是黄色，只不过一个笑容比较可嘉罢了。

只听得正印喃喃道："怎么才能叫他注意我？"

宁波看看她，轻轻吆喝道："小心！"

说时迟那时快，宁波伸出左脚，绊住正印右脚，正印失去平衡，整个人向前冲，时间算得准，刚刚谢柏容经过，反应快，伸出双手接住正印。

正印有点狼狈，可是立刻喜出望外："谢柏容，谢谢你。"

谢柏容连忙说："邵正印，幸亏你没摔倒。"

宁波退开几步眯眯笑。

稍后，正印松口气，说："他约我看电影。"

"那多好！"

"宁波。"

"嗯？"

"你真聪明。"

"谢谢你。"

"将来，你会谈恋爱吗？"

宁波笑："当然希望我会。"

"你会主动追求男生吗？"

"那要看他是谁了。"

"宁波，你一定比我出息，可以想象我是穿了漂亮衣服与男生约会就过一辈子的人。"

宁波拍拍正印肩膀："才不会，你爸妈那么优秀，你一定得到遗传，喜欢男孩子不是罪过，你放心。"

坐在前座的司机，听到这样老气横秋的对白出自两个小女孩之口，不禁讶异地笑了。

自上一次约会起，宁波与坐在她身后的罗锡为有机会便说上几句话。

"我们家的移民证出来了。"

"这么快？"

"这一两个月内就要成行。"

宁波不语，只是低头颔首。

"我给你地址与电话，我们可以通信。"

宁波微笑。

得知这个消息后，宁波对罗锡为较为冷淡，他是必定要走的人，她不打算与他太过接近，免得将来难过。

一天，正在房中做功课，正印叫她："宁波宁波，来看，对面搬进来了。"

宁波知道对户装修了许久，在露台里可以看见工人进进出出地忙碌。

宁波放下笔去与正印看个究竟。

只见到一个白衣白裤的少年正在斜对面阳台安放盆栽，一抬头，看到两个小女孩好奇的眼光，朝她们笑笑。

正印朝他挥挥手。

宁波看她一眼："他起码有十六七岁，是个大人了，那么老，不适合你。"

正印刚想发言，室内转出一个梳马尾的美少女，穿小翻领白衬衫配三个骨花裤，走到少年身边，双手绕住他腰身，姿态亲热，嘻嘻哈哈笑起来。

正印问："她有没有十六岁？"。

宁波仔细地看了看："有了。"

"我多希望我也有十六岁。"

宁波说："我也是。"

正印说："足十六岁，妈妈说会准我跳舞到十二点。"

宁波却说："到十六岁，我可以替小朋友补习赚点零用。"

邵太太这时匆匆忙忙过来说："呵，你俩在这里，听着，对面有人搬进来了，以后，换衣服的时候，窗帘拉严密点，知道没有？"

两个女孩齐齐答："晓得了。"

学期结束的时候，老师宣布罗锡为移民退学，宁波不禁黯然。

正印最神气，在学校里有谢柏容替她拎书包，一出校门，司机又前来伺候。

宁波笑道："正印你是个标准小公主。"

正印不以为然："我也不是要什么有什么。"

"不不不，不是指物质，正印，我看你一辈子身边都不乏真心爱你的人。"

正印笑了。

宁波感喟，自己的运气就没那么好了，父亲爱耍个性多过爱护妻女，经常休业在家，满腹牢骚，不合时宜，小小的江宁波已经可以看到将来生活只有更加艰苦。

一讲到家里，她大眼睛里便闪出忧郁的神情。

阿姨很会劝她："左右还有我呢！宁波，你不必担心，你还是个小孩，焦虑也没有用，你爸天生名士派，社会也不是不尊重这一号人物的，将来你自会明白。"

可是母亲越来越瘦，性情越来越孤僻，只有见到女儿的时候，才有一丝笑容。

这时，宁波的父亲受一班同道中人怂恿，打算集资出版一本政治月刊，他向妻子拿私蓄，宁波听见母亲冷冷道："你左手给过我钱，还是右手给过我钱？"

后来，又是由阿姨慷慨解囊。

宁波听得姨丈问："阿江拿去多少？"

"五千。"

彼时的五千元，可不是一个小数目，两万元可以买到中等住宅区的两房一厅。

阿姨解释："我从来不搓麻将，你当我在赌桌上输光光不就是了。"

"我明白。"

那份月刊在四个月后便关门大吉，一班同志因钱财拮据，搞得势同水火，反目成仇。

随后，宁波的父母协议分居。

方景惠女士搬了出来住，宁波去过那地方，小小一幢唐楼，没有间隔，沙发拉开来便是床，地段比较偏杂，可是室内十分干净，灯很亮，小小冰箱都是食物，四处不见男人肮脏衣物、烟头及空啤酒罐。小小的宁波忽然发觉，离婚也许不是坏事。

她父亲对她说："你母亲嫌我穷。"

"那是不正确的，"宁波微笑，"妈妈最会熬穷。"

"那么，她嫌我什么？"

宁波据实说："也许她既要主外又得主内，她累了。"

"还不是因为我没有钱。"

"你不去赚钱怎么会有钱。"

"事事讲钱多现实。"

"那，"宁波笑，"就不要老怪人嫌你没有钱。"

"你会来看你老爸吧？"

"自然。"宁波心里却踌躇了。

父亲搬到三叔家住，只占半间房间，十分简陋，屋子里有一股霉气，是夏季没有冷气，冬天不备暖炉的一个地方。

正印大表同情："他们终于分开了。"

宁波气馁："以后，为着补偿我惨痛的损失，你要对我更好。"

"一定，"正印保证，"一定。"

这个时候，罗锡为有信来。

可是宁波心情不好，不想回复，她总不能这样写："罗同学，你好，我告诉你一个消息，我父母离了婚……"干脆不回信。

她对罗锡为那种平凡幸福的移民生活，也并没有太大兴趣。

三封信之后，罗锡为也就住了笔。

童年是最容易过去的一段日子。

灯火阑珊处

贰·

又使她觉得庸俗自有代价。

十六岁时

宁波比正印早六个月过十六岁生日。

阿姨问她想要什么:"每个女孩子只得一个十六岁,非得好好庆祝不可。"

正印在一旁怂恿:"开一个舞会,那我们就可以热闹两次。"

宁波只是笑:"不不,同学与朋友都是同班人,我们都到你的舞会来不就行了?"

"那么要一件名贵礼物,要一对钻石耳环,时时借给我戴。"

宁波只是摆手："阿姨给我弄一碗嫩鸡煮面就可以了，我别无要求。"

正印瞪着她："太不会见风使舵了。"

阿姨抬起头，感喟地说："眼睛一霎，十六岁了。"

宁波笑，不知怎的，大人总是爱那样说，她可是等了不知多久，才熬到十六岁。

现在，江宁波仍然住在阿姨家，可是，名下共有六名补习学生，下了课一直轮着上门去家教，到晚饭时分才回家，功课仍然名列前茅，她收支平衡，尚有盈余。

正印比起小时候已大有进步，聪敏在十二三岁时完全显露，功课只看一遍便记住，堪称过目不忘，人又长得漂亮，身后男生一大堆，使邵先生不胜其烦，家里多添一条专线，特地给正印用，可是少年的电话还是打到客厅那台电话，以致线路不通。

唯一不变之处，是正印与宁波仍然相爱。

正印一提到异性，就眉飞色舞。

她知道自己的毛病。

"我总是不爱与同性在一起，全女班叫我发闷，"这是真的，宁波见过她哈欠频频，"可是只要有男生在场，哪怕他只有六岁，或是已经六十岁，我都会立刻精神奕奕，把最好一面拿出来，这是天性，我改变不了。"

能把自己说得如此不堪，可见是颇有幽默感的一个人。

孩提时的正印稍嫌娇纵，踏入青年期，她因知道那不是什么好素质，故努力改掉，现在变得活泼爽朗，自然，那样年纪的漂亮女孩，少不免有点刁钻。

江太太说："这是宁波对她的好影响。"

正印不否认："宁波好厉害，她见我越规，也不劝说，冷不防讽刺几句，叫我无地自容。"

一次去买点心，正印挑了好几只面包，店员用纸替她装着，她硬是要换盒子。"小姐，换盒子要加五元。""加就加。"宁波不出声，她买半打蛋糕，店员自动取出盒子，她冷冷地说："我不要盒子，减五元。"正印被宁波调侃得讪讪地作不得声。

也只有宁波，住在别人家里胆敢顶撞人家的千金小姐，"君子爱人以德"固然是天下少见的美德，可是像邵家那样的容人之量，岂非更加可贵。

正印时常跳舞到深夜才回来。

宁波坐在功课桌前，喝着热可可，听正印讲舞会趣史。

"唔，"正印深深叹气，"太多男孩，太少时间。"

这使宁波哧一声笑出来。

邵先生常骄傲地对亲友说："我家有一对如花似玉的姐妹花。"

这是真的，那种年龄，加上精致容貌，真是像粉红色芙蓉花或是茶花那般好看，晶莹、鲜艳、芬芳。

随便甩一甩长卷发，或是掩着嘴笑一笑，就叫人觉得，呵年轻真是好，年轻而貌美，更是上帝杰作。

正印太知道自己是受到恩宠的一个，跳舞裙子挂满一橱，忙着浪掷青春，一刻不放松。

阿姨问宁波："你为什么不一起去？"

"我要替学生补习。"

一本笔记本里时间订得满满，又注明各学生收费之类，完全像个小生意人。

阿姨含笑说："你都不像你父母。"

宁波笑笑，她不得不自幼立志武装，母亲住所楼下开了一间桌球室，人杂、吵闹，可是母亲因经济问题搬不动家，小学教师的薪水越来越不见用。

宁波拿着她的积蓄投资黄金，她不是不知道那是件颇为猥琐的勾当，可是拿着三五两宝金买进卖出，居然颇有斩获，又使她觉得庸俗自有代价。

邵太太得悉，大为诧异："宁波，来，阿姨教你做股票，进账更丰。"

宁波立刻去图书馆借了大量有关证券书籍回来阅读，不，她对跳舞不感兴趣。

阿姨问："有何心得？"

宁波皱着眉头抬起头来："纯靠运气。"

邵先生奇问："不讲眼光吗？"

宁波答："运气好那一次眼光会奇准。"

邵氏伉俪笑得打跌。

他们让宁波入股。

正印问宁波："你对男生没有兴趣吗？"

宁波正抽空研究恒生指数在过去三年之走向，顺口回答："有，怎么没有？"

"你看都不看他们。"

"我苦无时间。"

"事总分先后。"

"你说得对，我不觉得男生地位重要。"

"你会成为一个老姑婆吗？"

"或许会，不过我不会在目前为那个担心。"

"你是理智型。"

"不一定，可能考验来到时，不堪一击，"宁波看正印一眼，"对了，你最近和谁一起走？"

"区文辞、黎志坚、马成忠。"

宁波大大诧异："可以同一时间与那么多人拍拖吗？"

正印理直气壮："你同时投资多少只股票？"

噫，说得也有理，宁波不予追究。

直至有一天，宁波发觉正印闷闷不乐。

"怎么一回事？"

正印没精打采。

"说呀！"其实不讲，也知道是上得山多终遇虎。

"他对我说不。"

"谁？"

"奚治青。"

"他自何处冒出来？"

"你不认识他，他是李汝敦的表哥。"

"李汝敦又是谁？"

"李云生的哥哥。"

"李云生，我知道，姨丈生意拍档的女儿。"

"对了。"

"这人对你说不？"

"是，我约他坐船出海游玩，他说没空。"

斗胆。"他有何苦衷？没时间，已婚，还是只结交同性朋友？"

"都不是，他纯对我冷淡。"

"再讲一次他叫什么名字？"

"奚治青。"

"在何处出没？"

"他在某区主理一间书店，叫鳍鱼。"

"叫什么？"宁波大奇。

"鳍鱼。"

宁波立刻去翻百科全书。

鳍鱼，利用胸鳍与腹鳍支持着身体，从一个干涸的河床爬到另一个有水的河中求生存，骨骼渐起变化，逐渐演变成两栖动物，成陆上四足动物祖先。

正印在一旁问："有什么主意？"

宁波抬起头笑："你想怎么样？"

正印愠怒："有机会也对他说不，好教他知道滋味！"

宁波说："我相信你起码对上百男生说过不。"

正印强词夺理："我是女生，我长得如花似玉，我有权说不，他是老几？"

噫，说得有理。

某天下午，自学生家出来，宁波忽然想起鳍鱼书店。

她一路找过去，终于看到招牌。

推门进去，发现它其实不算正式书店，面积比较小，可是五脏俱全，世界各国的报章杂志齐备，还兼售中英畅销书。

地方十分整洁。

一个年轻人坐在柜台之后听电话。

见有顾客，他抬头招呼。

这一定是对邵正印说不的那个奚治青了。

找死。

长得倒是不难看，可是胆敢伤害少女的自尊心。

她并没有朝他微笑，只是闲闲翻阅一份新加坡的《联合早报》，然后不经意地说："鳍鱼，是四亿年前，地质史上称为泥盆纪时生活在沼泽里的一种鱼。"

那年轻人本来有一丝冷傲的神情，一听此语，立刻换上讶异的表情。

他颔首道："多谢欣赏。"

宁波接着说："鳍鱼又称拉蒂迈鱼，是两栖动物，我猜你除了主理这家书店，另外还有一份职业，对不对？"

那奚治青也不过只是一个人，在丝毫没有防范之下让一个美貌少女拆穿心事，内心颇为震荡。

"你……你怎么知道？"

宁波这时才嫣然一笑："呵，都是我猜想的，我买一份星期日《泰晤士报》。"她付钱。

"你全猜对了。"他替她用纸袋装好报纸递上。

"是吗？鳍鱼先生，你的正职是什么？"

"我上午在父亲的证券公司帮忙。"

一听见股票，宁波双目一亮："嗯，是两份截然不同性质的工作。"

鳍鱼先生兴奋地说："我打算把这间书店扩张成真正书店，包罗万有，廉价售书。"

宁波微笑："那，真要先在股票市场上多赚一点。"

年轻人立刻向她请教姓名："我姓奚，可需要每天替你留一份《泰晤士报》？"

"不，我不是每天看。"也就是说不是每天来。

奚治青明显有点失望。

宁波留下深刻的印象之后，挥挥手离去。

那天下午，家中照例空无一人，家务助理躲在房中休息，姨丈上班，阿姨外出应酬，正印一定有节目。

邵家在过去几年已经搬了两次，地方越来越大，屋越住越贵，车房里的车子似一组队伍，连厨房都背山面海，风景秀丽，可是正如正印说："可是对面再也没有露台，露台上再也没有青年。"

要到市区，得坐三十分钟以上的车。

宁波却非常享受这一份金钱买来的宁静。

这里与她父母的家，有着天渊之别。

她斟一杯果汁回到房中，正欲阅报，忽然看到阿姨向她走来。

宁波意外："阿姨，你没出去？"

阿姨走近，宁波发觉她双目红肿。

宁波这一惊非同小可："阿姨，什么事？"

"你回来正好，宁波，我有事与你商量。"

宁波十分紧张，她的胃液惊恐地蹿动，是阿姨的健康有问题，抑或姨丈的生意出了纰漏？

"宁波，我与你姨丈分手了。"

宁波一愣，反而觉得这是不幸中的大幸，心底暗暗松口气，不过表面上不动声色，只是呆呆地看着阿姨。

怎么会，他们原是模范夫妻。

阿姨没精打采："他另外有了人了，对方是职业女性，在证券界颇有地位，相当富有，所以他已决定离婚。"

到这个时候，宁波才开始唏嘘。

她原先以为像她母亲，因无力余生都把丈夫背在身上才需离婚，真没想到姨丈阿姨会结束那样富泰舒适的关系。

宁波难过，双目通红，眼眶渐渐润湿。

阿姨反而要安慰她："别担心，他给我的条件不坏，这间屋子拨到我名下，开支照旧，另外还有美金股票……"可是说着又落下泪来。

宁波握着阿姨的手。

阿姨问："宁波，我是应该与他平和分手的吧？"

宁波点点头："是明智之举，越拖越糟。"

"可是，我的朋友都说我太便宜他们了。"

"别去理那班好事之徒，你同姨丈二十年夫妻，应当好来好散，有条件尽管提出来，他一定会做足。"

阿姨与宁波紧紧拥抱。

"正印晓得这件事没有？"

"她？"阿姨没精打采，"我还不敢告诉她。"

"今天就得同她说。"

姨丈比正印早回来。

宁波本想避开，被他叫住。

"姨丈要搬出去了。"

宁波只得颔首："我听说了。"

"你不怪我吧？"

宁波得体地说："想这也是姨丈不得已的选择。"

"宁波，"邵先生用手抹一抹面孔，"你一直是个明白的人。"

他似乎有点宽慰，可是随即换外套出去。

正印回来，一听此事，愣了半晌，放声大哭。

宁波把她拉到房中。

她问宁波："我们以后还够不够钱用？"

原来是担心这个。

宁波没好气："够七十个邵正印用七十辈子。"

正印稍觉好过，又流泪不止："真是一点迹象都看不出来。"

人心叵测。

不能相信任何人。

电话铃响了，正印已无心思闲聊："说我不在。"

宁波立刻替她安装一具小小录音机，一打通便自动说："我不在。"

正印只不过在家十天八天左右，又出去了。

阿姨在家的时间多了起来，由宁波陪她。

阿姨问："你牺牲了几份家教？"

"两份。"

"你当教阿姨好了，阿姨付你酬劳。"

"阿姨教我投资好了。"

阿姨笑："我方景美什么都不会，只会买股票。"

已经足够，消遣与零用都在它上头。

宁波已算鳍鱼书店常客，可是她永远不定时出现，永远给奚治青一个措手不及。

有时捉到他在吃便当，一嘴油腻，有时他在点算存货，一身汗，有时遇到他跟无理取闹的客人交涉。总而言之，攻其不备，他所有的尴尬事都落在她眼内，他渐渐气馁，锐气全挫光，见到这个少女，只会搔头皮傻笑。

宁波觉得这种感觉是享受，她得到极大快感。

她向正印报告："奚治青快倒霉了。"

正印瞠目结舌："谁？"

宁波哗一声，正牌邵正印！她正设法替她出气，她已浑忘一切，好家伙。

"没什么。"宁波挥挥手。

"谁，刚才你在说谁？"

"不是你认识的人。"

正印忽然正经起来："妈妈到半夜还是时时哭。"

"那自然。"

"还需哭多久？"

"一年、两年，或许余生。"

正印大吃一惊："这简直是一个哭泣的游戏嘛。"

宁波抬起头："皆因她忘不了他。"

正印又纳罕："那么我不像她，无论什么事，一转眼我就忘记，我那么喜欢卫炳江，他到伦敦去念书，我也只不过是难过了三天。"

宁波笑笑："人人都应该像你这样。"

"是吗，那我真堪称得天独厚。"

"这是毋庸置疑的一件事。"

正印看着宁波："那么，为什么我觉得你在讽刺我？"

"你太敏感了。"

终于，在一个星期六的下午，奚治青提出约会的要求。

那个下午，宁波刚洗过头发，额角与脸旁的短卷发不可收拾地松出来像一个花环似地围绕着她晶莹的面孔，她穿着藏青色水手服，手里拿着小提琴，眼神有点忧郁，整个她像拉斐尔前派的画中人。

奚治青轻轻问："可以去喝杯咖啡吗？"

他太有信心，根本没有想过她会拒绝。

可是宁波在等的便是这一刻，她立刻清脆地答："不。"

奚治青一旺，像是挨了一巴掌："为什么？"

"因为你太爱说不。"

奚治青莫名其妙："我和谁说过不？没有呀！"

宁波微微笑，刚要拆穿他，忽然店堂后转出一个人来："宗岱，装修师傅什么时候来？"

宁波呆住，笑容僵在嘴角。

那位仁兄看到宁波，一怔："这位是——"

只听得奚治青说："大哥，这位是江宁波，我大哥奚治青。"

宁波睁大了眼睛，那是他大哥奚治青，那么，他又是谁？

那正牌奚治青果然一副心高气傲模样："宗岱，王师傅来了，你且招呼他一下。"又钻到后堂去。

那奚宗岱这时才看着宁波问："我对谁说过不？"

咄！原来一直把冯京当作马凉。

"没什么，不。"她连忙说，"我没空喝咖啡。"

"你可是已经有男朋友了？"奚宗岱好不失望。

"你爱怎么说就怎么说好了。"

宁波匆匆离去，走到街角，不禁觉得好笑，终于弯下腰，靠在电灯柱上大笑得掉下泪来。

简直不是那块料子，将来，邵正印的纠纷，由邵正印自己去解决，她一插手，只有越帮越忙。

自称是奚治青的青年电话接踵而至。

"你自何处得到我家号码？"

他笑笑："想约会你，当然得有点路数啦。"

宁波听了十分愉快，难怪正印与他们谈起电话来没完没了，不过她随即说："不。"

奚治青诧异："我还没提出我的要求呢，你为什么说不？"

"无论你的问题是什么，我的答案均是不。"

对方啼笑皆非："太不公平了。"

宁波忽然掷下一句："世事从来都不公平。"

"我们可以面谈吗？"

"不。"

"我来接你。"

宁波更加高兴："不，请不要再打电话来。"

她挂断线。

阿姨在一旁听见，转过头来讶异地问："那是谁？"

"推销员。"

"推销什么货色？"

"他自己。"

阿姨哧一声笑出来："我只听见你一连串说不。"

"说说就顺口，很痛快。"

"其实宁波，你也该和他们出去玩玩散散心。"

"来，阿姨，我演奏一曲《天堂中的陌生人》给你听。"

宁波取出小提琴，她那无师自通的琴艺足以供她娱己娱人，把一首流行曲拉得抑扬顿挫，情感丰富，悦耳动听。

方景美女士鼓掌："任何听众都会感动。"

宁波放下琴："我妈妈就不会。"

"我一直约她，她一味推说没空。"

"她出来一次也不容易，穿戴化妆整齐了搭公路车来回连喝茶总得四个多小时，实在吃不消。"

"情况还好吗？"

"身体还不错，环境是窘了一点，不过那份工作总算牢靠，只是非常寂寞。"

三言两语，把一位中年女士的状况描述得淋漓尽致。

"你父亲呢？"

"他最近状况倒是不错，市面忽然需要大量编辑人才，新刊物办了一本又一本，他此刻在一份周刊工作，薪水比从前好，可以维持生活，不过仍然老作风，房里一只大烟灰缸里约有千来只烟蒂从不清理，衣服掉了纽扣坏了拉链也不管。"

"你不帮他？"

"不劳我动手，他屋里自有女生穿插来回。"

阿姨骇笑："不开玩笑？"

"她们觉得他有才华。"宁波的语气十分平和。

阿姨只得说："只要他们二人生活均无问题就好。"

"谁说不是。"

过两天，在饭桌上，宁波听见阿姨对正印说："门口有个男生定期在黄昏徘徊，我怕邻居说闲话，你去把他打发掉吧！"

正印诧异："谁？"

她母亲说："我怎么知道？你去看看不就晓得了。"

正印在窗口张望一下，咦一声，跟着出去了。

阿姨燃起一支香烟，笑说："还有人巴不得生儿子呢，好不容易养大成人，结果瘪三似的跑到人家女儿门口来站岗。"

宁波但笑不语。

"阿姨小时候也十分调皮，跳舞裙子塞在书包里，放了学假装补习便换上出去玩，搽上胭脂假装大人……你以为正印像谁？就是像我。"她微笑。

宁波问："我妈呢？"

"她乖，可是运气不好。"

宁波低下头。

这时正印推门进来，十分诧异地说："那男生并非等我。"

"啊，等谁？"

"他说他等江宁波。"

宁波睁大双眼涨红面孔，作不得声。

阿姨笑："那么，宁波，你出去打发他。"

宁波立刻开门，只见奚宗岱站在门口。

她很生气："你再不走，我告到派出所去。"

"我只想与你谈谈。"

"我不会与你说话。"

"宁波，为何惩罚我？"

"请你马上离开，别在我家人面前令我蒙羞。"

"宁波，我不是你想象中的那种人，我马上走，请你息怒。"他举起双手。

宁波自觉反应过激，有点不好意思。

奚小生随即问："我哥哥打电话给你？"

宁波颔首。

"你和他说什么？"

"不。"

奚宗岱反而笑了，两兄弟均不得要领，倒是免了一场争执。

这时天微微下雨，他俩头发上全是水珠。

过一刻他说："你放心，宁波，以后我都不会再骚扰你。"

宁波听罢转身离去。

奚宗岱叹口气，从头到尾十分迷茫，他是怎么跑了来这门口苦苦等候的？身不由己真是天下最可怕的事。

宁波板着脸返回屋内。

正印笑眯眯看着她："呼之即来，可是挥之不去？"

宁波给她白眼。

正印笑："宁波，叫他来与请他走，都是艺术，否则，始终不是高手。"

"你练成家了？"宁波没好气。

"惭愧惭愧，已可设帐授徒。"

"换了是你，你又怎么样？"

"我？我会婉转地告诉他，妈妈不批准我和他出去。"

"他会相信吗？"

"我不是要他相信，我只是想让他下台。"

宁波问："叫他来容易还是请他走便当？"

正印像接受访问似地把问题好好地想了一想："以你的条件，他没有不来的道理，不过，请客容易送客难，你要记住。"

"我不打算在这方面发展，多谢忠告。"

"他们会逼上来的，宁波，你一定要设法应付。"

宁波完全相信。

正印忽然说："这些男生尽管讨厌，可是十六岁的我与你如果没有他们作为生活上点缀，又岂非浪掷了青春。"语气有点苍凉。

宁波抬起头来。

正印正凄茫地微笑，一边抚摸着面孔："看到没有，这张脸不消多时就会憔悴，红颜弹指老，刹那芳华，宁波，趁这几年，尽情罚他们在门口站岗，人数多多益善，一队兵更加好。"

宁波忍不住笑了。

"你看我妈多寂寞，"正印说，"我不是没有恐惧的，我唯一的抓拿不过是青春与美貌。"

宁波给她接上去："还有父母给你的产业。"

正印刹那间忘记说愁，眉开眼笑地答："这是真的，将来我肯定颇有嫁妆。"

"你我二人你会先出嫁。"

"不一定呵，宁波。"

"我非要扬名立万安置了母亲才会论婚嫁。"

"我则要好好地热恋三五七次才结婚。"

宁波骇笑："一个人有那样的能量吗？一次好像已经足以致命。"

"我可以，"正印拍胸口，"我天赋异禀。"

"呵，恭喜你。"

"宁波，为什么我老觉得你爱讽刺我？"

江宁波站起来发誓："你对我情同姐妹，我不可能以怨报德，你别多心。"

正印期望中轰烈的热恋，在当年暑假就莅临了。

事情发生也真的十分偶然。

两人正为考大学有点紧张，睡前话题暂时脱离男孩子与投资买卖。

宁波说："你没有问题，正印，你有摄影记忆，功课看一遍即可。"

"可是，读一次已经要多少时候！"

"你总不能一次都不看。"

"有时候，打开试卷，根本不知问的是什么，又该怎么回答，尴尬得要命。"

"那么，叫姨丈捐一笔款子，送你到某私立大学去好了，我若考不到十个甲等奖学金，就得到某公司去做信差。"

"你不是颇有私蓄吗？那么会赚钱，还叫穷。"

宁波过一会儿才说："距离目标尚远。"

正印好奇："什么目标?"

"我想置一间比较清静宽敞的公寓给妈妈。"

正印吐吐舌头。

"阿姨替我计划过，首期款子应该两年内可以实现，余数由母亲自负。"

"你不该把这类重担揽到身上。"

"不，能帮助母亲我觉得很高兴。"

这时正印忽然想起来："对，我有两张票子去看网球赛，一起去吧!"

宁波答："我憎厌一切比赛，尤其是球赛。"

"可是，男生喜欢球赛，而我喜欢男生。"

那一个下午，宁波也终于去了。

坐下没多久，正印便自手袋里取出一具性能极佳的小型望远镜。

宁波纳罕，场地并不大，何劳望远镜。

然后，宁波了解到，正印在看人。

观众席上不乏借助这种工具的人，正是，你看我，我看你，不亦乐乎。

正印把望远镜递给宁波。

宁波一张望，正好看到奚治青与奚宗岱两兄弟，连忙把望远镜交还。

正印浏览整个观众席。

宁波很放心，由她检阅过，想必没有漏网之鱼。

二十分钟后，正印已经有点不耐烦，忽然之间，她停止移动镜头。

过片刻，她对宁波说："看，G排座位左边数过来第三人。"

宁波没有兴趣，这是个阴天，她要赶下一场补习，她打算早退。

"看，"正印推她，"看那个男生。"

宁波不得不看过去，只见G排刚有人站起来离场。

那年轻人白衣白裤，可是球场里几乎每个人都穿白衣白裤。

正印转过头来："你看见没有？"

宁波讶异了，正印的语气是悲怆的，像受了某种震荡，目光十分无助。

宁波连忙抢过望远镜来看，G排左边第三个座位已经空无一人。

只听得正印喃喃道："是他了。"

宁波既好气又好笑："谁是他？他是谁？惊鸿一瞥，三秒钟时间，就算看清楚身形，也瞧不真五官，你这个人真有趣。"

"不，"她收起杂物，站立，"我们去找他。"

"怎么找？"

"一定有办法。"

"我要到岛的另一端去替学生补习，待会儿见。"

"宁波，宁波。"

宁波朝她摆摆手，逃一般离开网球场，呼出一口气。

傍晚回到家才知道事态严重。

不见正印，故问阿姨："她人呢？"

"打过电话来说不回家吃饭。"

"到什么地方去了？"

"说是找一个人。"

天。

真的干起来了。

阿姨好奇地问："找谁呢？你可知道？"

宁波只得笑着安慰阿姨："她的玩意儿层出不穷，你别理她。"

"快考大学了，也不见她着紧书本。"

电话铃响了，宁波去听。

"宁波，我在球场订票部，你马上来与我会合。"

"正印，我刚打算陪阿姨吃晚饭。"

"限你二十分钟到，否则绝交。"电话叮一声挂断。

宁波只得咬着面包出门去。

正印站在订票处等。

宁波讶异问："这种时候还有人办公吗？"

"你替我进去问，G排左起第三号是谁的票子。"

"喂，失心疯了，这怎么问，买票的可能是任何人。"

正印冷笑："说你不懂就不懂，这次售票只限会员，一定有姓名电话地址。"

"你自己为什么不问？"

"我怕难为情。"

"呵，这敢情是说我面皮老。"

"我太紧张，怕问不出因由。"

"好好好，让我试一试。"

宁波推门进去。

一个年轻人抬起头来："小姐，我们已经下班了。"

宁波连忙赔笑："有一件为难的事情请多多帮忙。"

年轻人踌躇了，他从来没有拒绝过那么清丽的面孔。

"今天的球赛——"

"麦根莱输了那一场？"

"是是是，我有一具望远镜，被 G 排左三位子的观众借去了，竟没有还我，我想知道他是谁，好讨还。"

"观众姓名是保密资料。"

宁波低下头："望远镜借自哥哥——"可怜得不得了，却欲语还休。

"他很凶？"

宁波皱起眉头，小鼻子急得发红。

"让我想想法子。"

年轻人按动电脑钮键："嗯，G3 的购票是朱牧民，电话二二〇三八，住宅龙森路三号。"

宁波长长松口气。

那年轻人忽然明白什么叫作助人为快乐之本。

"谢谢你。"宁波欲转身离去。

"小姐。"他唤住她。

"什么事？"

"小姐，防人之心不可无，假如他要交还望远镜，叫他在公众场所见面，切勿进他的屋子，上他的车。"

"是，"宁波感动了，"请问你尊姓大名？"

年轻人笑："我叫黎智强。"

"谢谢你，黎智强。"

宁波才出门，就被正印拉住。

她想调侃她两句，忽然发觉正印眼神憔悴。

宁波轻轻问："这是干吗？"

"他叫什么名字？"

"票子售予朱牧民。"

正印重复一次："朱牧民。"

"但是出席的不一定是朱牧民本人，票子可能转让给别人了。"

正印抬起头看着天空。"我明白，"她握着拳头，"我会找到他。"

十分凑巧，天色本来阴暗，这时刮起一阵风，把正印的长卷发往脑后吹，露出她美丽的小面孔，她的表情如复仇女神一般，悲怆、坚决。

宁波知道她已经着了魔。

"来，宁波，我们打电话给他。"

"我又冷又饿，此事还需从长计议，我们不适合乱拨电话到别人家去。"

正印刚想开口，宁波又截停她："不，也不可以上门去按铃，先回家去，明天再做打算。"

那一晚，正印什么话都没有说。

半夜，宁波醒来，听到邻房悉里索落，正印显然还在活动，她轻轻敲了敲墙。

一会儿，正印过来了。

宁波轻轻问："睡不着？"

"我做了一个梦，在节日之夜找一个人，满街满巷地毯式寻搜他，天空上有灿烂烟花，通处挤满了人，我高声唤他的名字，直至喉咙沙哑——"

"最终找到没有？"

"没有，梦醒了。"

可怜的正印。

宁波喃喃道："放焰火，是元宵节吗？"

"不，"正印答，"我明显地觉得身在外国。"

宁波看着她："照说，你不应觉得寂寞。"

正印苦笑："我只得你一个朋友罢了。"

"那么多男生追求你！"

"他们不算，他们在玩一个游戏，我是胜出者的奖品。"

"既然你这样看这件事，可否退出？"

"正如你说，宁波，我是个寂寞的人，我不像你，我比较不会处理孤寂。"

"去睡吧，明天我们还要找那个人呢。"

正印回房间去了。

过了许久，宁波才熄掉灯。

第二天，她俩郑重商量如何与朱牧民联络。

"不如清心直说。"

"怎么讲？"

"你在球赛中坐 G 排三号位子吗？我想认识你，与你做朋友。"

"要就快点做，不然他会忘记到过球赛。"

"去拨电话。"

正印跳起来："不，你替我。"

"正印，别退缩，寻人者是你。"

"宁波，再帮我一次。"

宁波推无可推，只得微笑，挺身而出。

"朱牧民先生在吗？"

"请等等。"真好，没问是哪一位找，少女的她最怕报上姓名后对方又说要找的人不在。

一会儿有人来听了，声音不对，比较苍老："喂，我是朱牧民。"

"朱先生，你昨天可有去看球赛？"

"我没去，票子给我儿子了。"

"我可以跟令郎说几句吗？"

"你是谁？"

"我叫江宁波，朱先生。"

"你可是他同学？"

"嗳嗳嗳。"

"汉声今晨出发到伦敦升学，你不知道吗？我们刚从飞机场回来。"

宁波的心咚一声沉下去。

"有地址吗？朱先生。"

"摄政公园三号之二二五。"

宁波马上记下来，道完谢，她挂上电话。

正印一直在她身旁聆听，闻言只低下头黯淡地笑。

宁波搓着手懊恼地说："早知，该昨晚拨电话。"

正印站起来，掉过头安慰宁波："他也不会改变到伦敦升学的主意。"

宁波冲口而出："对，没有缘分。"

"你相信缘分？"

宁波苦笑："除此之外，信无可信。"

"他叫什么名字?

"朱汉声。"

过两天,宁波静极思动,带一篮矜贵水果,找上朱家去。

整条龙森路都是独立小洋房,来开门的是一位老用人,朱先生独自在家,宁波自称是朱汉声的旧同学。

朱牧民是一名退休的鳏夫,平日生活十分清静,见到有访客,非常欢迎,与这名懂事的少女絮絮谈个不休。

他甚至取出照片簿子,与宁波一起欣赏。

"你看,汉声自幼是个小胖子。"

这是朱汉声。

宁波一喜,那么,那天看球赛的不是他。

正印怎么会喜欢胖子!

即使只是惊鸿一瞥,宁波都肯定正印看到的是一名英俊小生。

看样子 G 排三号的票子转了又转,转了又转。

宁波这一坐,坐到下午五点。

那天晚上,她打了一个电话给摄政公园的朱汉声。

"我想知道，那天的球赛，你的票子交给了谁？"

胖子多数好脾气，朱汉声也不例外，他想半天："我顺手交给一个朋友。"

"他是谁？"宁波追问。

"你是谁？"终于起了疑心。

"我是你的朋友江宁波。"

"我好像没有姓江的朋友。"

"你贵人善忘。"

"想起来了，票子给邱珠英了。"

"女生？"又断了线索！

"是，是我表妹的朋友。"

"可以给我邱小姐的电话吗？"

"女生找女生，没问题。"他报上电话地址。

"谢谢你小胖子。"

她连他的昵称都知道，可是他偏偏想不起她是谁。

宁波这次学乖了，问正印："你还要不要找那个人？"

"要，"停一停，"你有什么线索？"

"他跟别人有什么两样？"

"这是一种感觉，我不能用言语表达。"

"找到了，恐怕也不过是那么一回事，那么一个人。"

正印笑："可能，不过寻找过程是种乐趣。"

宁波抬起头："是吗？为什么我不觉得？"

"因为你还没有看见他。"

宁波找到了邱珠英。

邱小姐已经进了大学念经济系，为人大方成熟，不介意详细叙述那张票子的来龙去脉。

"我自汉声手中接过票子，随即把它捐到教会作为抽奖用途了。"

"什么教会？"

"宣道会北角堂。"

看样子还得多找一站。

可是教会的负责人却说："我们没有记录，几乎每一个月都有青年聚会活动，我们不知由哪一位弟兄姐妹抽得奖品。"

"由你抽奖吗？"

"不，由胡衍礼弟兄负责抽奖。"

"我可以见他吗？"

"他在读经班。"

宁波见到他，立刻知道无望，原来胡弟兄已是八九十岁的老人，虽然耳目声均算健康，但想必不会记得什么人抽奖得了那张球票。

果然，以下是他的对白："票子？不用买票，天国的门无须凭票入内，可是，也不是每个嘴里喊主呀主呀的人都可进天国，你需做到信、望、爱，这位小姐妹，明白吗？"

江宁波毕恭毕敬地说："是，明白。"

线索至此，完全中断，北宣教会十分兴旺，起码拥有数千名教徒，这张票子好比泥牛入海，无处可寻。

算了。

以邵正印的性格，不出一个月，就会忘记这件事。

可是事情往往出乎意料，正印一直到新年还对那个人印象深刻。

"你猜他结了婚没有？"

"一头雾水。"

"他会不会也在找一个人？"

"费人疑猜。"

"他的名字叫什么？"

"就是他。"

灯火阑珊处

叁.

不相爱，好说话。

二十四岁时

　　宁波与正印连毕业照都不打算拍，考完试留下地址让
学校把文凭寄去就忙不迭收拾行李打道回府。

　　"将来，会不会后悔？"正印有疑问。

　　宁波答："如果有什么抱怨，租件袍随便叫哪位摄影师
补拍一张照片好了。"

　　"六年大学生涯就此结束。"

　　"恭喜你，你已是硕士身份。"

　　正印用手托着腮："我已经老了，用青春换文凭，真划

不来，读得腻死了，多留一天在这间宿舍就会发疯。"

"英国的天气的确不大好。"

正印说："你还有小胖子接送——"

"胡说，"宁波郑重其事地辟谣，"我从不差遣小胖子，我十分尊重他，他不是观音兵 [1]。"

正印怪同情地看着小表姐："那你更一无所获了。"

"咄，我有管理科硕士文凭，回去准备大杀四方。"

"且莫杀气腾腾，爸说起薪点才几千块。"

"凡事总有个开头，我不怕。"

"我怕，"正印看着宿舍窗外绿油油草地，"我怕成为社会人海芸芸众生中一名。"

宁波提醒她："走之前，你最好见一见余仁邦，把事情交待清楚。"

"我借他的参考书全还清了。"

"你只欠他参考书吗？"宁波语气讶异兼讽刺。

"自然。"正印理直气壮。

---

[1] 观音兵：广东俗语，指被女生差来遣去的男生，或心甘情愿围着女人转的男人。

"他的说法不一样。"

"你干吗听他一面之词，况且，"正印有愠意，"有什么话他为什么不对我直接说，要跑到我表姐后面诉苦。"

宁波过一会儿才说："他爱你，所以他怕你。"

"他懂得什么叫爱？"

正印正把一件蝉翼纱的跳舞裙子叠起放进衣箱里。

宁波问她："你懂吗？"

正印笑笑："不，我也不懂。"

宁波摸一摸纱上钉的亮片："这纱有个美丽名字，叫衣露申 [1]，英语幻觉的意思。"

正印十分吃惊："我怎么不知道，我多粗心！"

宁波长长吁出一口气："你我已经二十四岁，却一次婚都未曾结过，还有何话可说。"

正印安抚她："要结婚今天下午就可以结。"

宁波自顾自说下去："几次三番到巴黎，到威尼斯，到碧绿海岸……身边都没有人，真窝囊，真落魄。"

---

[1] 衣露申：英语"illusion"的音译。

"一有人追，你就穷躲，还说呢！"

宁波讪笑。

"你可记得我们十多岁的时候，有天一起去看网球赛？"

"有一年我们几乎每个礼拜都在网球场上看男孩子，你说的是哪一次？"

"哈，这次轮到你记性差了。"

宁波电光石火是想到了那件事，靠墙角坐下来："呵，是！那是当你和我都年轻的一个美丽五月早上是不是？"

那个男生叫什么？胡龙杰、苏景哲、伍春明、阮迪恩？不不不，不是他们，对，宁波完全想起来了，那个男生甚至没有名字。

一直记得一个无名氏！

六年了，尚且念念不忘，真是奇迹。

"你猜他在地球哪一角？"

宁波答："你可以登报寻他：绝望地搜寻某男士，某年某月某日在某球场偶遇后永志不忘，渴望相见……"

正印不以为然："这便是强求了。"

"你希望他在茫茫人海中自动浮现？"

"是。"

"这也不是没有可能的事，机会率就稍低，而缘分其实也就是碰机会。"

正印笑笑，这时男女同学已经知道这两姐妹要走，纷纷过来辞别，她们索性打开房间门，与同学话别，拥抱，交换地址。

当天傍晚，姐妹俩叫了计程车前往飞机场，可是有人的车子早在门口等。

却之不恭，只得推了计程车。

那位司机是许竞飞，电机工程系博士生。

送到飞机场，正印给宁波一个眼色，示意她把他打发掉，那许小生不是笨人，把一切看在眼内，悄悄话别。

"宁波，我叫许竞飞。"

宁波讶异："我知道。"

"勿忘我。"

宁波笑了。

此时此刻，她学艺满师，收拾包袱下山预备大施拳脚，好在江湖扬名立万，往后日子吃粥吃饭，看的就是这几年了，凡心已炽，哪里还顾得情话绵绵，儿女私情。这许竟飞统共掌握不到正确时机，可谓失败。

"将来一定有见面机会。"

她与他握手道别。

"唏，"正印嘘口气，"总算摆脱了这班海底游魂。"

宁波笑说："生儿子有什么前途，一天到晚追女生。"

转头一看，正印已经伏在座位里睡着了。

这，也许是她们最后一觉，往后，便要不眠不休地搏击。

回到家，兵分两路，宁波的行李跟正印回阿姨家，她人则先去拜见母亲。

母亲一年前已搬入新居，现在的住所虽称不上华丽，到底位于中等住宅区，整洁得多，屋宽心也宽，方景惠女士宽容得多。

宁波记得她建议母亲搬家那天的情景。

做母亲的吃惊，讶异："你，"指着女儿，"你哪里来的钱？学费生活费兼乘飞机来来回回不去说它，居然还能替我付首期款子，我可不要用来历不明的金钱！"

宁波一怔，正印已在一旁笑得眼泪都掉下来。

阿姨劝说："宁波已储蓄了好长一段日子，我又帮她投机炒卖，所以存了不少现款，若是来历不明，怕不只这一点点，你多什么心？"

宁波这才说："若不是为了读书，早三年都可以实现置业愿望。"

阿姨接着说："房产价格在未来十年大约会涨上十倍以上，我打算大量搜刮中小型住宅单位。"

方景惠劝方景美："你不要太贪。"

方景美笑一笑："你管你教书，我管我弄钱。"

这一年，房价疯狂飚升，宁波已经赚了一注。

赚这样的钱固然可喜，可是宁波希望她能够在某机构占一席位，做到名利双收。

在飞机场迎接她俩的是阿姨。

她对正印说："你爸找你。"

正印心惊肉跳："他健康没问题吧？"

"你放心，他壮健如牛，又离了婚，所以勤于操练身体，状态犹胜昔日。"

宁波自心底叫出来：难道还打算结第三次？

阿姨说："我对他说，真想生一两个儿子呢，现在也是时候了，再拖，来不及了。"

咦，关系已经进化到这般文明，倒是好事。

正印问："那他找我干什么？介绍女同学给他？"

"不，他打算叫你到厂里帮他。"

正印立刻拒绝："我不要做那种腌臜的小生意，我打算到银行区找工作。"

宁波在一旁听着不响。

果然，阿姨斥责女儿："你一生衣食来自这间猥琐的小型工厂，怎么，现在配不起你大小姐了？"

正印噤声。

宁波打圆场："正印的意思是，她想到大机构工作。"

阿姨看着宁波："你呢？你肯不肯帮姨丈？"

宁波笑道："我求之不得。"这是真话。

"明天就去上工。"

"遵命。"

"现在去见你母亲吧。"

母亲家有客人，客人是她父亲。

到了这种年纪，她父亲也胖了，外形看上去较为舒泰，语气也较为松懈，不那么愤世嫉俗。

最近，文化界重新奠定了他的地位，江某颇受抬举，他一高兴，也不管收入有否增加，已经放开了怀。

父母两人齐齐感慨地说："终于回来了。"

仍然是白衬衫、牛仔裤，一脸稚气笑容，可是双目暗暗流露光华，蕴含杀气，看样子振翅欲飞，为达到目的也打算付出代价，途中不知打算踩死多少对头。

"年轻真是好。"母亲说。

宁波感慨道："时间过得那么快，终身要小跑步才追得上社会节奏步伐。"

她父亲笑："听了也替你辛苦。"

宁波温和地微笑，是，她的急进与父母一向有距离。

只听得父亲说："宁波，多谢你补偿母亲，她今日总算安居乐业了。"

宁波不语。

气氛居然有点温馨。

半晌，宁波站起来："阿姨在等我呢！"

"你去吧！你运气好，有两个母亲。"

宁波笑答："是，我是个幸运女。"

姨丈在等她。

采取疲劳轰炸手段，也不让甫下长途飞机的外甥女稍加休息，一股脑儿把厂里的烦恼向她倾诉。

说到最后，牢骚来了："这世上除了至亲，无一人可信，宁波你说是不是，笨伙计不中用，精明伙计踩老板。"

宁波笑笑，咳嗽一声。

姨丈立刻会意："对，关于薪水——"他说了一个数目。

宁波一听，不置可否，自然是嫌低。

街外起码多十五个巴仙[1]，她早已打听过了。

好一个姨丈，不慌不忙，立刻笑眯眯地说："你看我，老糊涂了，竟把去年的行情拿出来讲，这样吧宁波——"

又讲了一个数字。

这下子约比外头多出百分之十。

----

[1]　巴仙：香港及东南亚等地华人常用语，即普通话的"百分之"，由英语的"percent"音译而来。"十五个巴仙"即"百分之十五"。

宁波笑了笑："什么时候上班呢？"

"明早八点半。"

正印知道了，对她说："到这种私人小地方做，记录在履历表上敲不响，蹉跎青春，我情愿挨老妈痛骂，也要到外头闯一闯。"

宁波不出声。

她何尝不知道这个事实，可是这么些年来，她在邵家白吃白住，总得回馈邵家吧。

正印看着她："你觉得欠邵氏是不是？不必，连我都没这种感觉。"

"你是他们亲生，是他们的责任，他们活该对你好，供奉你。"

正印却道："这些年来，你也有付出时间精力，作为我母亲的好伴侣，给她多少安慰，互不拖欠。"

宁波微笑："我有我的打算，我一进邵氏，便是副总经理，你在美资银行，头一年不过是个学徒。"

正印鞠个躬："是是，江经理，宁为鸡口莫为牛后。"

事情就这样决定下来了。

一个月后，正印坚持要搬出去住，她母亲忍不住诉苦。

"宁波，你看看你妹妹，硬是要自由，可是住在外头小公寓里，又向我借钱借工人借汽车，这算是哪一门的独立？"

宁波只是笑，人各有志，她就不知多享受邵家的设施，她决定恒久住在邵家做客人。

"家里有什么不好？有人煮食有人收拾有人洗熨还有人听电话，她偏偏要搬出去，才几个星期，就又黑又瘦。"

宁波把一只手按住阿姨肩膀，表示尽在不言中。

阿姨也握住宁波的手："幸亏我还有一个女儿，"想起来了，"对，有朋友没有？"

"事业未成，不谈婚姻，江宁波何患无伴。"

阿姨听出宁波心中豪情，非常钦佩："这一代是两样子，多读书真有用。"

宁波仍是笑。

"你姨丈说你经常做到半夜十二点，可有这样的事？"

"我无处可去，赖在厂里。"

"我骂你姨丈收买人命。"

"没有啊！命他是不要，给他时间就可以了，厂里账簿有点复杂，我和会计师往往做到深夜。"

有几次做到天色鱼肚白。

回来淋个浴换件衣裳喝杯咖啡又回厂见客。

宁波没说的是，会计师叫何绰勉，高大英俊，聪明机智，还有，未婚。

他爱穿白衬衫，可是不穿内衣，每当下班时间一过，他就脱下外套，那白衬衫料子十分薄，贴在他身上，有种说不出的感觉，工作有时紧张，会冒汗，袖圈下一片湿印，加上胡须长得快，下巴尽是所谓"五点钟阴影"，青色须根也增加了男性魅力。

最令宁波觉得可取的是，此人丝毫不觉得他自己长得好，姿势十分潇洒。

不过他俩超时工作，却绝对为公不为私。

两人之下甚至没有私语。

在电梯或是公司车上，都维持缄默。

少说话，多做事，是江宁波的座右铭。

邵正印一次看到何绰勉："嗯，白衬衫。"

宁波笑笑："令你想起一个人是不是？"

正印感慨："那几乎是一个世纪前的事了。"

"真像是不是，成语说的恍如隔世，就是这个意思。"

"现在和些什么人约会？"

"有机会介绍你认识。"

某一个下午，宁波买了盒巧克力给正印送上去，按铃，门打开，是一位男生，只穿一条破牛仔裤，光着上身，见来人是女客，尴尬地解释："我以为是送薄饼来。"

宁波扬声："正印。"

那男生连忙套上线衫，用手指梳梳头发。

宁波说："我该先拨电话上来。"

"不要紧，我在厨房。"

只穿一件毛巾浴袍。

宁波在厨房与正印谈了一会儿。

正印斟杯香槟给她。

宁波劝道："别太明目张胆。"

"谁也不能管我。"

宁波笑："那你得管住自己。"

正印放下酒杯，看着宁波也笑："这些年来，你总是不怕指出我的不是，宁波，你真是我的忠友。"

"谢谢你。"

"可是宁波，你知道我好色。"

"这是人类习性，无可厚非，人人喜欢漂亮的小孩、标致的异性，加以控制也就是了。"

这时门铃大响。

宁波抬起头，"这是谁？"

"送薄饼来。"

才怪，门一开，站在外头的是正印的母亲。

穿着浴袍的正印愣住："妈妈，你怎么来了？"

宁波急出汗来，不知什么地方来的急智，连忙抓起手袋，拉着那男生的手："那我和汤姆先走一步，阿姨，你和正印先谈谈。"

"这是你的朋友吗？宁波。"阿姨笑颜逐开，"一起吃饭吧。"

"我们要赶到另一个地方去。"宁波满脸笑容，替男生取过外套，"再见阿姨。"

一走出门口，马上拉下面孔。

那位小生穿上外套，陪她走到停车场。

宁波上自己的车，那小生俯下身来问："我们不是要赶另一个场子吗？"

宁波最最痛恨这种嬉皮笑脸，冷冷打开手袋，取出一百元，扔出车窗："给你叫计程车！"

那位小生自出娘胎未受过如此招待，愣在那里。

车子已飞驶离去。

那天晚上，阿姨忽然说："宁波，正印家那位男生，不真是你的朋友吧？"

宁波一怔，面孔自电视荧光屏转过来："阿姨真是玻璃心肝，水晶肚肠。"

"你怕我难堪，是不是？"

"我多此一举。"

"你是要保护正印的名誉。"

宁波不出声。

"各人有各人造化缘法，许多滥交的女子此刻都被称是夫人了，守身如玉，却未必受人欣赏。"

宁波十分尴尬。

"我很看得开，不过宁波，真得多谢你，若不是你让我们母女下台，我少不了要说她几句，以正印的脾气，一定不服，可能大伤和气。"

宁波松口气，幸亏阿姨见情。

深夜，正印打电话来了。

她讪笑："你又救了我一次。"

宁波劝道："那个人不好，那种人配不起你。"

正印笑："哪里去找那么多好人，你这人真是天真。"

"何绰勉不错，我介绍何绰勉给你。"

"我不要！"

"我知道，你喜欢茫无来历、不知首尾的神秘人，你喜欢刺激。"

"说得好，生活已经够沉闷，上班下班，吃饭睡觉，我说什么都不甘心坐到一张桌子上去相亲，待人介绍男生给我，我不怕危险，我有的是精力——"

宁波幽默地给她接上去："与爱心。"

正印抱怨："这么多年来，你对我都没有真心。"

"去睡觉吧。"

第二天，宁波仍然在厂里做到八九点。

何绰勉忽然说："查账同验血一样，马上可以知道病的根由。"

这是真的，他俩合作以来，已查出不少纰漏，悄悄堵塞，把该开除的人静静请走，把多余的开销省下，该关的水龙头立刻关上，该松的地方加倍慷慨，这一切，没有何绰勉的帮忙，实在做不到。

宁波很佩服何绰勉，是，是有关他的能力，可是都会中精明的年轻人是很多的，她更欣赏的是他办事的态度：低调、绝不喧哗、坚持息事宁人，并且遵从一句老话：吃亏就是便宜，能够化解就做出牺牲，大事化小小事化无。

大智若愚，大勇若怯，这样做需要很多的智慧与很大的度量，缺一不可，所以宁波欣赏他。

她说："照说，像你这样的行政医生，应该到大公司去断症。"终于谈到私事上去了。

他笑笑："小公司容易医，特别见效，有成就感。"

宁波点点头。

"一起吃饭？"

宁波踌躇，上班是他，下班又是他，惨过结婚。

何绰勉看出苗头来："我可以不谈公事。"

尽揭隐私？倒是蛮过瘾的，去试一试。

小何没有令宁波失望，他果然全不谈生意经。

宁波却忽然向他透露身世。

开口之前也考虑过该不该说出来，可是一切已成过去，她已是个成年人，况且，她也真想找个对象倾诉一下，于是宁波透露，她在阿姨家长大。

何绰勉的反应却有点激动："呵，难怪你比别的同龄女子持重。"

"是呀，"宁波感慨，"人家越是疼你，你越要留神，那始终不是你自己的家。"

何绰勉一脸恻然，这个女孩统共没有享受过童年与青少年期。

宁波抬起头想了想："我也不见得不快乐，可是很知道不得不退而求其次，于是在别人家中，事事不投入，十分隔膜，既不敢高兴得太早，又不想露出失望的样子来，长时期悲喜含糊不清，看在别人眼中，也就是老成持重。"

何绰勉冲口而出："在往后的日子里，你得好好补偿自己。"

宁波困惑地问："怎么样做才对呢？多跳几次舞，还是置多一箩衣裳？"

何绰勉怜惜地答："无论是什么，令你自己高兴就好。"

宁波笑答："让我们回厂去挑灯夜战，我爱我的工作。"

是这样把一家几乎完全不认识管理科学的小型工厂整理出来。

将所有资料送进电脑记录，一目了然，人事归人事，物资归物资，每个部门都设主管，不像从前，一有什么事，人人一窝蜂跑老板房里投诉。

宁波工作成绩斐然，正印也没闲着。

呵，不是指异性朋友令她夙夜匪懈，她在银行里也升了一级。

过去一年正印名下招揽到六百四十万美金的生意，这笔款子跟着她走，无论到哪一家银行都一样。

宁波猜想其中三百万属于阿姨的私人投资，随便做个定期，已经帮了正印大忙。

周末，宁波去找正印。

初秋，正印淡妆梳马尾巴穿白衬衫与牛仔裤，配一双古琦鳄鱼皮平跟鞋，姿态潇洒。

宁波赞叹："美极了！"

正印微笑："我知道。"

宁波气结："谦逊一点好不好？"

正印摊摊手："我都准备好了，你看，花样年华，心态成熟，可是那人呢？他若再不出现，我很快就会憔悴。"

"啐，算了吧，你也没闲着。"

"总得找些消遣呀！"

"在这种情况下，越玩越凄凉，越忙越无聊。"

"你怎么知道？"

"因为所有的人都不是那个他。"

"你怎么明白？"

宁波懒洋洋答："因为我是你姐姐。"

正印拍手笑道："不不不，因为你和我在同一条船上，处境一模一样，同病相怜。"

宁波只得叹一口气。

正印说："每次看到一个异性，心里都在等待，此君是否可令我灵魂震荡？没有，一个接着一个，叫我失望，我连眼睫毛都没有颤动，你说，有什么意思？"

宁波笑得打跌。

正印低下头："你记得球赛中那个不知名的主角吗？"

宁波点点头。

"也许今天道旁相逢，此君只是一个庸俗的小生意人，倒是一辈子不相见的好。"

"不要紧，你的想法会改变，缘分由时间控制，也许十年后，你所需要的，就是一个平凡的小生意人，届时他出现了，岂非刚刚好？"

"嘿！诅咒我，岂有此理。"

"那么，应在我身上好了，"宁波笑，"好歹是自己的选择，说什么都是一个归宿，人老了心会静，带着私蓄归园田居，不知多好。"

正印用双手掩着胸口："你我万丈的雄心最终不过埋葬在这样一个小家庭里？"

"咄，小姐，怕只怕死无葬身之地，过了中年还涂脂抹粉游魂似地在欢场流离浪荡。"

正印看着镜子："长得像我这般聪明美丽都好像没有什么出路。"

宁波哧一声。

"过来过来。"正印向她招手。

宁波过去站在她身边。

"你看我俩，像不像一支并蒂莲。"

宁波看半晌，叹口气："我无暇顾影自怜，我有客自加拿大来，直接和他入货，可免中间剥削。"

正印讶异："我父深庆得人。"

宁波赶着出去，正印开车送她。

这时，公寓电话铃响了又响，电话录音开动，只听得一把男生哀求地说："正印正印，你在家中吗？请来听电话，正印正印，你为什么不睬我？"

正印当然没听到这一通电话。

一卷电话录音带里，满满都是男生怨怼的申诉，哀鸿遍野，哪里顾得了那么多。

周末，何绰勉问："宁波你要不要去看球赛？"

"什么球？"

"回力球。"

宁波轻轻回答："我对所有的比赛不感兴趣。"

"为什么？"

"比赛必分胜负，何谓胜，何谓负？知足常乐，干吗要和人家比赛，我固然比人愚鲁，但这并不妨碍我成为一个快乐的人。"

何绰勉笑说："可是我肯定你这生已经过无数比试，并且已经夺魁。"

宁波笑笑："没打过仗，有什么资格说讨厌战场。"

"那么，去不去看回力球？"

"去。"许久没有看球赛了。

宁波对什么都专注，她聚精会神看比赛，并且对小何说："这是除却冰曲棍球及马球之外最激烈的球赛。"

何绰勉说："听祖父讲，旧上海最流行回力球。"

"是呀，"宁波笑，"据说小姐们都喜欢追求回力球员。"

何绰勉看了看宁波："女孩子都爱动态美。"

"所以追舞台上的武生，等到那个湮没，又改追运动员，多热闹。"

何绰勉终于忍不住问："你呢？"

宁波没有回答，她的目光落在远处，她看到了正印，刚想招呼，忽然发觉表妹身边有人。

宁波不由得隔一个距离细细把情况看清楚，那是一个年约三十岁的英俊男生，正聚精会神观赏球赛，坐在他身边的正印却一点兴趣也没有，百般无聊，一会儿打哈欠，一会儿咬指甲，闷得几乎流泪。

宁波哧一声笑出来。

正印分明是为着讨好那个他而来看球，这样勉强，有什么幸福，三五七次后保证不耐烦得拂袖而去，宁波不由自主搔搔头。

何绰勉轻轻问："看人？"

宁波点点头："我表妹。"

"哪一个？"

"你猜一猜。"

何绰勉的目光浏览了一下："嗯，那个穿鲜红衬衫长卷发的美女。"

"对！"宁波讶异，"你怎么知道？"

"相貌与你有七分相似。"

宁波笑："不敢当。"

小何说："她比较慵懒，你则精神奕奕。"

宁波还是笑："我与她还有很大的分别，有机会告诉你。"

这时她发觉正印与男友之间还有第三者，那是一个只有三四岁大的小男孩，由保姆带着，走过来伏在他父亲的膝上。

宁波警惕了。

噫，有妇之夫，有关手续办妥没有？

回力球赛一贯喧哗热闹，观众情绪高涨，吆喝连连，宁波很快重新投入，跟着起哄，着实享受了一个下午。

小何暗暗赞赏。

做人就该这样，既来之则安之，高高兴兴，享受手头上拥有的事物。因为就这么些了，如果坚持认为得不到的才是最好的，分明是和自己过不去，有碍养生。

聪明人不会那样做。

江宁波分明是个有智慧的女孩子。

球赛散后宁波抬头，已经不见正印影踪。

小何陪她去吃海鲜。

他看她狼吞虎咽地吃蟹，笑曰："又没有人和你抢。"

宁波眨眨眼："享乐趁早。"

"这又是什么意思？"

"太阳黑子下一分钟就可能爆炸，九大行星立刻毁灭，嘿，所以要赶着开心。"

小何觉得这样的乐观背后，一定有不可告人的伤心事，只是不便询问。

他送她回家，在门外，似有话要说，脸上露出依依神色，宁波却没有给他机会，转身进屋。

她才要找正印，没想到正印已在家里等她。

姐妹俩异口同声问："他是谁？"

然后又一起大笑起来。

"是那种你向往的恋爱吗？"

"还不是，"正印遗憾地回答，"你看我一点也没有消瘦，亦没有患得患失，由此可知不是那回事。"

"你是坚持恋爱必要吃苦的吧？"

正印回答："我深信无论追求什么，都要付出严重代价。"

宁波靠在床头上惨笑："那，还去不去？"

"问你的心。"

"我是无肠公子。"

正印哈哈大笑："越是这样的人，越是一发不可收拾。"

宁波悻悻然："多谢你的诅咒。"

方景美女士探头进来："在说什么？"

宁波大大方方笑道："当然是在说男生。"

阿姨大表关怀："宁波，你找到人了吧？"

"妈妈，你为什么不担心我？"

她母亲瞪她一眼，退出房外。

正印耸耸肩："各人修来各人福，各人有各人缘法，她就是关心你一个。"

宁波轻轻说："我自幼没有家，阿姨才希望我早日成家立室，有个归属感。"

正印问："你自己怎么想？"

"有什么就要服侍什么，我乐得无牵无挂。"

"对，你那男伴值几分？"

"零分，光蛋，我希望我的男伴强壮、勇敢、不羁，带我到天之涯、海之角，用眼光足以使我慢慢融化，跌成一团，不知身在何处，像何某，充其量不过做我的好兄弟而已。"

正印笑："谁不那么想！"

"你的男伴呢？"

"我们下星期到那骚 [1] 深海潜水。"

宁波微笑："那多好，我们多需要办公室以外的生活。"

"你对他印象如何？"

"咄，我还来不及对他有观感你就已经换人。"

"现在不同了，最近我年事已高，打算安定一段日子。"

"他可有钱？"

"我最喜欢直截了当的问题，是，他相当富有，而且靠

---

[1]　那骚：又译为拿骚（Nassau），巴哈马首都。

的是自己本事，财产可以自主。"

"你肯定调查过此人？"

"我有铺保人保[1]。"正印眉飞色舞。

"结过婚？"

正印忽然收敛笑容："不是结过，还在结。"

"那没用，条件多好也是徒然，他不是你的人。"

正印申辩："他爱我。"

"我也爱你，一点意思也没有，一定要结婚，要不就能赡养。"

"必须如此现实？"正印踌躇。

"废话！"宁波恼怒，"你我只得这十年八年青春，要不投资在男伴身上，要不靠自己双手，切莫到了老大还在欢场满场飞找户头，袒老胸露老臂，同妙龄女轧妍头，徒伤悲！"

"我该怎么办？"

---

[1] 铺保人保：指找有一定声望的官员或有一定资产的老铺号为自己做担保。

"给他下哀的美敦[1]，否则即刻掉头走。"

"我爱他。"

"咄，能爱他，也能爱别人，有什么关系。"

正印笑得弯下腰："宁波，我佩服你。"

宁波也笑了。

正印的男朋友叫袁康候。

年纪比较大，有点工于心计，正印请他到家来吃饭，他也愿意，带来水果糖果。

宁波本有话说，可是鉴于前几次对正印的事参与失败，这次特别沉默。

饭后见果篮中有石榴，便掏出来慢慢挖着吃，先在白色麻质台布上铺上一块毛巾，以免桌布染上石榴汁洗不掉。

正印吃芒果，赤裸裸用手抓着，汁液淋漓，不可收拾。

两人作风截然不同，奇是奇在姐姐没感染妹妹，妹妹也不去改变姐姐，和平共处。

---

[1] 哀的美敦：指最后通牒，"哀的美敦"一词是拉丁文 "ultimatum" 的音译。

袁康候深觉纳罕。

电话铃响了，宁波去听。

正印问："是妈妈吗？问她为何爽约。"本来今晚她也应当在场。

宁波抬起头："是姨丈，你到书房去讲好了。"

饭厅只剩下宁波与袁康候。

静寂了一会儿，袁康候打破沉默："我觉得你好像有话要对我说。"

一个人的直觉有时可以十分准确。

宁波答："是。"

"你不妨直说。"

宁波看着他："你若伤害正印，还需过我这一关。"

袁康候一听，大奇："正印无须你保护，她已经二十四岁，她会对自己负责。"

"你呢？"宁波微愠，"你有何道德水准，你何故背妻别恋？"

袁康候咳嗽一声，对方若不是漂亮的年轻女子，他也有话要说，但对着江宁波，他只能答："我已在办离婚手续。"

冷不防宁波哼一声："你们都那样说，然后办十年的都有。"

袁康候叹一口气，然后解释说："我的情况不一样，是女方提出投诉。"

宁波呵一声，上上下下打量他："你有何不妥？"

袁康候啼笑皆非："我没有毛病，只是双方个性不合。"

"当初为什么没发觉？"

到这个时候，袁康候忽然十分愿意回答宁波的问题，他答："那个时候，我们比较笨，谈恋爱的时候，老是想把最好的一面拿出来，结果变得自欺欺人。"

宁波点点头，是的，早些年的确流行把真性情隐藏起来，对方要看什么，就让他看什么。婚后松口气，大家除下假面具，渐渐露出狰狞真性情，终于因了解分手。

袁康候说："现在不一样了，今天的作风是甫相识先摊牌，把个人所有的劣点缺点全数清楚，先小人后君子，慢慢才发掘对方的优点，往往有意外的惊奇。"

宁波微笑着点点头，社会风气的确不住在进步中。

袁康候咳嗽一声："你还有什么话要问的吗？"

宁波扬声："正印，讲完电话请出来，我们寂寞。"

正印闻声走近，有点大梦初醒的样子。

宁波讶异问："姨丈对你说什么？"

这时候袁康候才相信电话真由正印父亲打来，不是其他追求者。

正印坐下来，一脸不置信的样子："爸找我诉苦，说妈妈已找到对象，要论婚嫁了。"

宁波的嘴巴立刻张大，明知有碍观瞻，硬是合不拢去。

袁康候识趣地问："我是否应该告辞？"

正印立刻说："也好，你先走一步，稍后我再与你联络。"

袁康候告辞。

两姐妹面面相觑，过半晌，宁波说："是应当祝贺阿姨找到伴侣的吧？"

"不！"正印握紧拳头，"外头不晓得多少坏人贪图她的身家，她会人财两失。"

这并非过虑。

正印提高声音："不行，她的财产原本由我承继，现在我下半生的生活堪虞，宁波，你来劝她。"

"由你发言才好。"

"不，她听你多过听我。"

"我该怎么开口？"

"你是谈判专家。"

宁波吞一口唾沫："我真觉困难。"

"试试看。"

养兵千日，用在一朝。

宁波只觉头皮发麻："好好，我尽力而为。"

这时方景美女士开门进来："客人已经走了吗？"

正印朝宁波打一个眼色："交给你了。"取过外套，"妈妈我要出去，你和宁波慢慢谈。"

"谈，谈什么？"

正印已经匆匆忙忙开门离去。

宁波只得说："阿姨，坐下来慢慢谈。"

方女士笑笑："呵，你知道了？"

宁波硬着头皮："是，由姨丈告诉我们。"

"宁波，你也反对？"方女士微微笑。

"我根本不知来龙去脉。"

"我已找到伴侣。"她亲口证实。

宁波清清喉咙:"对方可靠吗?"

"我并非寻找归宿。"

"他会骗你吗?"

方女士笑笑:"我有什么可以损失?"

宁波咳嗽一声:"正印的意思是,你的财产。"

"她的嫁妆我早已为她备下,不用担心。"

宁波已经无话可说。

方景美缓缓呷一口茶,对外甥女悦:"你母亲四十八岁,我四十六,在你们眼中看来,这种年纪,也算是耄耋了吧?"

"不,"宁波辩说,"是一生中最好最成熟的岁数。"

"谢谢你,照你看,我应否追求快乐呢?"

"应该,"宁波据实答,"在自由世界里,人类有权追求快乐。"

"不论身份年纪性别?"

"正确。

"这么说，你是站在我这一边？"方女士笑吟吟。

"你快乐吗，阿姨？"宁波先要弄清楚这一点。

"是，我快乐。"

"那么我为你高兴，他一定是个知情识趣的人物。"

方女士想一想，忽然缓缓说："我们的性生活，非常和谐。"

宁波怔住，虽然是时代年轻女性，她却从来没有与任何人谈过这个问题，包括正印在内，真没想到阿姨会首先提出来，她稍微有点震惊。

半晌，宁波才得体地说："那真的幸运。"

阿姨仍然微笑："我也认为如此。"

她这样说，宁波猜到已经算是低调处理，她此刻的感情生活一定非常愉快。

换了是江宁波，也会趁中年空档寻找生活情趣，她由衷地说："阿姨，我站在你这一边。"

她阿姨缓缓落下泪来："社会风气总算开放了，今天我的所作所为，已不算犯罪。"

是，再妒忌她的人也不能派什么帽子给她。

"我得多谢你姨丈，若不是他替我打好经济基础，我何来追求快乐的自由。"

这是真的。

中年人择偶条件想必比她们更复杂，顾虑也一定更多，心灵空虚不要紧，生活享受上去了下不来，若不是保养得宜，风韵犹存，怎么出去谈恋爱？

不要说别人，宁波的母亲就没有这种心情与机会。

只听得阿姨说："被异性追求的感觉真好，"停一停，"上一次已是二十多年前的事了，你外婆一直不喜欢邵某，认为他会变，那时女子婚姻起变化真是麻烦透顶，许多人一生就被亲友戴着有色眼镜看待……这种风气幸亏都熬过去了。"

宁波想一想说："你还是要小心。"

"我会的。"

宁波打量阿姨，她并没有穿得更年轻或是化妆得更浓艳，显然控制得很好，宁波放心了。

阿姨站起来："我要出去，这个家，你多多帮我打点。"

她随即换上一袭黑色直身的跳舞裙子，容光焕发地朝宁波挥挥手，出门去。

　　宁波羡慕不已，多好，晚上不用限时回来，第二天早上又不必赶上班，中年恋爱是纯享乐，爱结婚随时可以结合，爱分手大可理智分开。

　　电话铃响，正印紧张地问："怎么样？"

　　"你可以回来了，阿姨已经出去赴约。"

　　"你没说服她？"

　　"三言两语如何叫人放弃追求快乐？"

　　"你岂止毫无作为，你简直是帮凶！"

　　"你怎么知道？"

　　正印蹬足："我太了解你了，我马上回来。"

　　正印匆匆赶回，向宁波问罪："我谈恋爱你则百般阻挠，何故？"

　　宁波正在翻阅书报，闻言冷笑一声："你条件还远不如你妈，不可同日而语。"

　　"我有青春。"

　　宁波瞄她一眼："略具一点剩余物资而已。"

　　"我妈打算结婚？"

"没有的事，她准备享受人生。"

正印缓缓坐下来："这我赞成——"又立刻站起来，"不会再生孩子吧？"

"即使是，又怎么样，她自生自养，与人何尤。"

正印不得不承认："这是真的，是她以高龄身份一命换一命，谁管得了她。"

"我爱极婴儿，你呢？"

"我也是，他们真是天底下最可爱的小东西，哭起来尤其趣怪，抱起他们，一整天的忧虑都没有了，真是一岁有一岁好玩，两岁有两岁趣致——"

"别把话题扯远了。

正印说："对，那人是什么模样的？"

宁波温和地反问："有关系吗？或许只是一个极普通的中年男子，可能只是一名江湖混混。"

"他可会伤害她？"

"相信我，一个人的心不能碎两次，阿姨不会有损失。"

"她可会失去钱财？"

"放心，你不会熬穷。"

正印终于坐下来，自嘲说："看样子我要和我爸多接近，喂，制衣厂赚不赚钱？"

"你看你。"

正印举手投降："天要下雨娘要嫁，我没有办法。"

宁波忽然问："正印，真正爱上一个人的时候，是否像雷殛一样，接着想哭？"

"我怎么会知道？"

宁波问："你不是恋爱专家吗？"

"我又没吃豹子胆，不敢那样自诩。"

"已经二十四岁了，再碰不到那个人，也许永远碰不到了。"

正印看她一眼："谁叫你躲在一家小小制衣厂里不见天日，你应到外头来见识见识。"

"据说是命中注定。"

"对，他到了时候会来敲门。"

就在这个时候，忽然有人敲门。

两个女孩子吓一跳，然后笑作一团。

年轻真是好，无论什么都可以一笑置之。

门外不过是送薄饼来的人。

过了年，宁波开始着意，在厂里在路上在外头的会议室，看到异性，总多加两眼，看到同性，也额外留神，她的结论相当令自己沮丧。

她对正印说："原来像我这样才华盖世、花容月貌的适龄女子在大都会中比比皆是。"

正印安慰她："不比人差就好，何用鹤立鸡群。"

"还是你聪明，一直打扮得艳光四射。"

正印摸摸面孔："也不行，一天不化妆，就像白天的拉斯维加斯。"

"最近我的脸也黄，是这个都会的空气与水质不妥。"

"怪无可怪，总得怪社会。"

第二天一早，宁波预备上班，阿姨起来了。

"宁波，有事商量。"

宁波看看表："我打个电话回厂，告诉他们要晚一点。"

"你卖了身了你。"

宁波赔笑："可不是已找到好归宿。"

阿姨坐下来："正印向我预支嫁妆。"

宁波一怔，有这样的事？还没听说。

"她看中半山一幢比较宽敞的公寓，叫我置给她，据说有朋友要搬进去同住。"

宁波讶异："什么朋友？"

"你都不知道，我更莫名其妙。"

"我去问她。"

"你对她说，请客容易送客难，年轻人做朋友，最好各管各，谁也别沾谁的光。"

宁波觉得事情严重："我会尽快对她说。"

"我已经劝得声泪俱下，可是现在我在正印面前已没有说服力。"

"不会的。"

"因为我的形象已变，我已由一个弃妇变为享乐的女子，故失去所有同情分。"

宁波笑笑："鬼才要这种同情分。"

她披起外套出门去。

立刻吩咐司机到正印的公寓去。

她拼命按铃，穿着毛巾浴袍出来的却是一名陌生年轻男子。

"正印呢？"

"上班去了，你是谁？"

宁波生气，站在门口，不敢进去与他单独相处，只冷笑道："我是她前夫，她没告诉你？"

说完了蹬蹬蹬离去。

回到厂里，不到三十分钟，正印电话来了。

"你是我前夫？"咕咕笑。

"那男人是谁？"

"朋友。"

"正印，卿本佳人，缘何滥交？"

"寂寞。"

"那个他叫什么名字在何处？对，那个袁康侯。"

"回到他妻子身边去了。"

"荒谬。"

"你别管我的事，别做我妈的烂头蟀。"

"我不赞成贴大楼与人同居。"

"我得安置我的孩子。"

"什么？"

"你年底要做阿姨了，宁波。"

宁波手一松，电话听筒扑腾一声掉在桌子上。

她立刻披上外套，何绰勉讶异地问："你去何处？"

"我有急事告假半天。"

"我们与奇云琪连公司有约！"

"什么时候？"

"小姐，现在！人已经在会议室。"

宁波不得不留下来。

她总算明白什么叫作如坐针毡。

会议室那个洋人只见副总经理是个妙龄女子，心不在焉，大眼睛有点钝，可是因此更加像天真的鹿眼。她对合同细节没有太多异议，很快谈拢。他觉得讶异了，这都会里掌权的女子多的是，大多咄咄逼人，精明厉害，很少有这么美丽恍惚的副总经理。

他对她频加注意，呵，她嘴上胭脂褪了颜色，只余淡淡粉红印子，原本是否玫瑰紫？忽然之间他脸红了，他居然魂不守舍。

连忙低下头，却又看到她精致的足踝，她穿着灰紫色狍皮[1]半跟鞋，淡灰色丝袜，袜子钩了丝，细细一条，露出肉色，一直通往裙子底下，他不敢再看，侧头，咳嗽。

何绰勉先不耐烦，几次三番重复规则，那洋人唯唯诺诺，只会应允。

办公室助理送茶进来，他伸手推跌，匆忙间只得取出手帕去印，手足无措，不能自已。

合同谈毕，他轻轻对宁波说："我叫约翰·拉脱摩。"

何绰勉这才明白此君为何鸡手鸭脚，话不对题，原来已经神魂颠倒，不禁心中有气，奈何过门都是客人，不想得罪，只得礼貌地送客。

宁波这时抓起外套："我有事先走一步。"

小何问："什么事急成那样子？"

"正印，"压力太大，非说出来不可，"正印怀孕。"

何绰勉一听，吓一跳，早知不问也罢。

这时秘书进来问："这方圣罗兰手帕属于谁？"

---

[1]　狍皮：狍指体形较小的鹿类，狍皮一般指麂皮。

宁波顺口答："是客人的，洗干净熨好送回去。"

她到接待处叫车，恰巧司机都不在。

宁波急急到街口找计程车，半晌不得要领，一辆空车也没有，刚想回厂，有一辆黑色房车停在她跟前。

有人按下车窗："江小姐，容我载你一程。"

宁波一看，正是那约翰·拉脱摩，便颔首上车。

见司机是华人，宁波直接把地址告诉他。

拉脱摩想问：是否与我到香格里拉去？又觉太过轻率幼稚，难以启齿。

金发蓝眼的他前来公干已有数天，见了东方女子，总忍不住十分俏皮，适可而止地调笑数句。

可是江宁波小姐却叫他难以施展看家本领。

半晌他才问："宁波，好像是一个地名？"

宁波哪里耐烦和他解释她芳名的来龙去脉，不置可否地微微笑，仿佛听觉有毛病。

拉脱摩不敢造次，闭上尊嘴。

在剩余的二十分钟里他都没有再说话。

宁波的天然卷发近脸处总有点毛毛的松出来不受控制，

其余较长部分则整齐地结在脑后扮得老气一点。

拉脱摩不知多想伸出手去触摸一下那碎发，他紧紧握住拳头，生怕两只手不受控制，变成袭击女性的怪手。

这真是前所未有的奇迹感觉，他在心底呼叫：这是怎么一回事？

目的地终于到了，宁波向拉脱摩道谢，翩然离去。

一边咕哝：宁波是否地名，不是茉莉香片，不，是虾饺烧卖，来来来，你好吗？我教你用筷子……

下了班再和洋人打交道真会疯掉。

她一径走上正印的写字楼。

正印愕然："你怎么来了？"

"你还在上班？"

"公归公，私归私。"

"你真轻松！"

正印微微笑："如果现在就觉得惊慌莫名，如何熬下去完成大业？"

宁波压低声音："告半天假，我们回家说话。"

"小姐，"正印拒绝，"这里可不是家庭式作业，随便可开小差，六点钟我来找你。"

宁波只得讪讪地退下。

正印讽刺她呢！也是事实，她在邵氏制衣像山寨王一样，自出自入，统共不用向任何人报到，已成习惯，早受宠坏，恐怕不能到别的地方工作了。

她没想到拉脱摩还在门外等她。

他抢先说："我怕你叫不到车子。"

宁波此刻已经镇定下来，微笑看着他："你有事商谈该找何先生。"

"宁波，我想我们或者有时间喝杯咖啡。"

宁波想说，她从不陪酒陪饭，或是咖啡与茶，可是随即想到，正印已经要做妈妈了，她这个姐姐，还坚持三原则有个鬼用。

她转变主意，苍茫下海。"好，"慷慨就义的样子，"你带路。"差点眼眶都红了。

这一切都叫拉脱摩迷惑。

不过他也是老手，立刻把这心事重重的标致女郎领到酒店的咖啡室，以便先喝咖啡，再吃晚饭。

宁波坐下来就说："巧克力冰激凌苏打，龙虾汤，软芝士蛋糕，一杯白兰地。"

拉脱摩目瞪口呆，这几样东西可以合在一起吃吗？

只见宁波先把白兰地一饮而尽，脸色渐渐红润，叹息一声，继续举案大嚼。

拉脱摩轻轻说："我查过了，宁波是平静的波浪之意，你姓江，意含一生无风无浪舒服宁静，是好祝兆。"

宁波抬起头笑一笑："谢谢。"

"我今年三十一岁，结过一次婚，已经离异，没有孩子，出身良好，无毒瘾无犯罪记录，波士顿大学毕业，现住纽约长岛。"

宁波点点头。

他为什么把身世告诉她？

"宁波，你会嫁给我吗？"

宁波嘴里都是芝士蛋糕，闻言两腮鼓鼓地看着那洋人，半晌才把食物咽入："不。"

"我是真心的。"

"不。"

"你不信一见钟情？"

"它没发生在我身上。"

"我也没想过这种事会降临到理智型的我身上。"

宁波轻轻说："是这个都会的人与事叫你迷惑了，回家，好好睡一觉，你准会忘记此事。"

没想到拉脱摩也笑了，她误以为他是乡下小子，一出城，便吓走了三魂七魄。

只听得宁波又说："这还是第一次有人向我求婚。"

拉脱摩有点意外："何先生没提及过？"他倒是伶俐得很。

"何某只是我的工作拍档。"

拉脱摩微笑。

宁波站起来："我有事，要回家了。"

"我不会放你走。"

宁波诧异地问："你打算怎么样？"

那外国人一时答不上来。

宁波替他整一整领带："傻子，明天你就将此事搁脑后了。"

"不，我不会。"

宁波又笑："那么，你大可离乡背井，放弃优差在这陌生的城市里从头开始，克服生活，陪伴我左右。"

噫，原来这目光凄迷的漂亮女子一点都不糊涂，说话一针见血，分析事理无比清晰。

"来，送我回家。"

拉脱摩低下头："你不会讪笑我吧？"

"我不是那样的人，"宁波笑笑，"有机会我们都会娱乐一下自己，堕入爱河，有些人在三两载后恍然大悟，跳出爱网，有些人乐而忘返，更有些人一下子清醒了。"

拉脱摩利用一个中午，恋爱了几小时。

宁波安慰他："我十分明白这种心情。"

拉脱摩说："事情还没有完结呢！"

"当然不，"宁波成全他，"以后我们还是好朋友。"

拉脱摩莞尔："宁波，我爱你。"

这上下的爱与前两个钟的爱已经截然不同，宁波放心了。

她这时才看清楚了他，不能因为他爱她就看低他，拉脱摩英俊爽朗，最漂亮的是一头蜜糖金棕色头发，一双手强壮有力，拥抱起女性来一定具保护力，刚才如果没有说不，此刻已可私奔到巴厘岛或是类似的地方去，反正在今时今日，冲动的婚姻与周详的婚姻同样只能维持两三载。

宁波轻轻握住他的手，拉脱摩有点意外，十分喜悦。

然后他俩友谊地道别。

正印在家已经等了半小时。

她像是第一次发现："这个家多么冷清，一点人声都没有，用人老是睡午觉。"

宁波咳嗽一声："你肯搬回来吗？"

正印吐吐舌头："我才不干。"

"回娘家也好，带着孩子，互相有照顾，我亲手替你挑一个保姆。"

正印有点讶异："你不排斥这个孩子？"

"笑话，什么人会迁怒一个婴儿？"

正印开怀地笑："谢谢，谢谢，宁波，我正需要你支持。"

"是吗？我还以为你打算独力应付千军万马。"

正印嫣然一笑："需要吗？我有嫁妆，我自生自养，管别人什么事。"

"有钱女至多特权。"

正印微笑，嘴角却有点落寞，过一刻问："你不问我孩子父亲是谁？"

"我想是谁没有什么分别，是邵正印的婴儿，就是我的外甥。"

"宁波，你永远感人肺腑。"

她俩紧紧拥抱。

"现在，让我们谈谈细节问题。"

"请说。"

"你打算继续工作？"

"我刚升了级，这是我的事业，我不准备放弃。"

"公司人事部怎么说？"

"没问题，照样提供产假。"

宁波这时觉得正印的勇气可嘉，非比寻常，可是，这是一种没有必要的愚勇。

"或许，可以告假半年。"

"那多闷，别替我担心，我会把他人奇异的目光当作娱乐。"

"好，最后一个问题：你打算什么时候把真相告诉你母亲？"

这时候，有人啪一声开亮了客厅中的水晶灯，大放光华，宁波与正印转过头去，发觉方景美女士站在门口。

她说："我都听见了。"

"母亲。"正印站起来了。

方女士叹口气："对于女儿，我一直教一直引导，不住忠告，可是她从不加以理会，最终走她选择的道路，我当然失望，可是也不得不尊重她的意愿，默默支持她，女儿，过来。"

母女紧紧拥抱。

宁波不由得鼓掌。

她取过外套，她也得去看看自己的母亲了。

方景惠老师正好在招呼一班学生，在座还有几位家长，对老师均十分恭敬，方老师理所当然享受这等待遇，宁波甚觉安慰。工作虽然辛劳，最后却往往带来最大的荣誉与满足，这是一生躲懒逃避的人无法享受的成果。

宁波坐一会儿就离开。

前些时候遇见父亲，论调仍然与二十年前差不多，他说："一本杂志做了个调查，问十二至十六岁少年闲时做何消遣，竟有百分之十五答睡觉！还有人说玩电子游戏机、看电视、去演唱会、阅漫画。唉！太不长进了，世风日下。"一直摇头。

宁波十分吃惊，骇笑："爸，那都是正当娱乐嘛！我也最爱睡午觉。"

"为什么不看书？啊，为什么不看书？"

"大部分的书都写得不好看。"

"《战争与和平》写得不好？《罪与罚》写得不好？《白痴》写得不好？"

宁波只得一直笑："与我们这时代脱节嘛，毫无共鸣。"

"朽木不可雕也。"

"爸，我有事，先走一步。"

到了中年反而好了，事事看不入眼可推诿给代沟，社会日渐富庶，随便写一点稿都能应付生活，到处都有人请吃饭，不怕寂寞。

最孤清的是江宁波。

回到家里长驻候教，别人都出去了，只剩她一人。

幼时习惯省电，只开案上一盏小灯，仍然睡在那张小小单人床上，床头有正印小时强加粘上的印花纸。

而她的真命天子还没有出现。

有人轻轻按了一下门铃。

宁波下去看。

门外是何绰勉，双手插在裤袋，人慵倦地靠在门框。

"是你呀！"

"你原本在等谁？"

"我的秘密。"

"正印的事怎么样？"

"她独自背起，我阿姨以经济支持，我用精神。"

何绰勉摇摇头："人就是这样被宠坏的。"

"也许，"宁波抬起头，"这个家等一个婴儿已经等了很久。"

"我可以进来吗？"

宁波这才招呼他到偏厅坐下。

小何抬头打量天花板："噫，这间屋子好不寂寞。"

宁波没好气："今天你已是第二人如此说了。"

何绰勉一直微笑。

"何，你有话要说？"宁波看出苗头来。

他点点头："宁波，我得了一个奖学金，下个月将到史丹福[1]攻读一年。"

"那多好，恭喜你。"

糟，公司要另外找人了，多麻烦的一件事。

小何看着她："你竟没有丝毫依依之情。"

宁波愕然："你想我挽留你？你怎么会放弃大好机会。"

小何握住她的手："宁波，叫我不要离开你，说。"

"什么？"

"要不跟我一起走，陪我到美国一年。"

宁波大笑："你需要人服侍生活起居？放心，那边自有家务助理。"

"不，我向你求婚，你这呆瓜。"

---

[1] 史丹福：又译为斯坦福（Stanford），此处指斯坦福大学，位于美国加利福尼亚州旧金山湾区。

宁波骇笑。

一天接受两次求婚，她的心脏不胜负荷。

不不不，不是何绰勉。

他从来没有在雨夜等过她，从来没有在风中拥吻过她，也从未试过为她落泪。

他知道将有远游，身边的一切忽然都变得美好，尤其是朝夕相对的江宁波，这才动了求婚之念。

宁波温柔地微笑："不要冲动。"

"你知道我是稳健派，我们认识已有年余。"

"这不构成结婚原因。"

小何气馁："你故意刁难。"

"嘿，一个月后的你就会感激我的大恩大德。"

小何啼笑皆非："太小觑我了。"

"不要因为没人洗袜子而向人求婚。"

"我才不会叫妻子做这种事。"

"来，我们且庆祝你考得奖学金。"

"宁波——"

"不，我不能接受你的邀请。"宁波语气十分愉快。

小何困惑："你好像有备而答。"

是，经过上一次，宁波说不已经说得极为熟练。

不不不不不，真痛快。

"我会做一个好丈夫。"

宁波把双臂挂在他肩膀上，嫣然一笑："我肯定你会。"

"让我们放肆地私奔。"

"去什么地方？"宁波非常感兴趣。

可是何绰勉一时答不出地名，他伏案与数字做伴的日子太长，已没有浪漫细胞。

宁波笑了："何，一年后回来，仍帮我忙，可好？"

小何颓然，只得说好。

过一会儿，他看着她轻轻说："你这个小小大女人！"

宁波从来没听人这样形容过她，十分纳罕，她想否认，可是又不在乎小何叫她什么。

生活如此刻板，她只想追求一点点激情，小何不是理想对象。

她希望有人带她到热带不知名的小岛，走过燠热丛林，忽然看到峭壁上挂下新娘婚纱般瀑布，缓缓堕入碧水潭里，还没有走近，已经一阵清凉。是，他们是沦陷在红尘中，可是总能在浮生中偷得点乐趣吧，于是她和衣跳下水中，他不顾一切脱下装束，二人游近瀑布，穿过水帘，享受那罕有的凉意，然后，他拥抱她……

"宁波，你在想什么？"

宁波回过神来，狡狯地一笑："你才不要知道我想什么。"

小何诧异："为什么？"

"因为我天性猥琐。"

小何瞪她一眼。

她与何绰勉是这样分手的。

严格来说，两个人未曾在一起过，也不能说是分手，只可以说话别。

小何走了以后，制衣厂静下来，宁波可以更用心工作。

一天，秘书进办公室来报告："一位袁先生要求见你，他没有预约。"

宁波抬起头："哪一家公司的袁先生？"

只听到有人在门外扬声："宁波，我，袁康候。"

宁波只得说："呵，是你，请进来。"

袁康候一贯英俊潇洒，只是此刻略带焦虑。

"宁波，我有话说。"

"我只有二十分钟，请长话短说。"

"宁波，几乎全银行区的人都知道邵正印怀孕，是真的吗？"

"真。"

"孩子属于谁？"

"咄，你问我，我问谁？"宁波微愠。

不知怎的，江宁波是有这一点威严，袁康候不得不低声下气："宁波，我很关心这件事。"

"你不必操心了，对，贤伉俪近来生活很愉快吧？"

"宁波，这孩子是我的吧？"

宁波看着他："一个孩子只是你的孩子直到你对他负责。那是你的孩子吗？你可有陪产妇到医生处诊治，你可有俯耳去听过他心跳？"

"是男孩还是女孩？"

"我开会时间已届，再见，袁先生。"

"宁波——"

宁波忽然面斥他："袁康候你此人好不讨厌，世事岂能兼美，鱼与熊掌，得一应知心足，休再瞎缠！"

袁康候平日也是个独当一面的人物，在他活动的范围内相当受人尊敬，真没想到到被一妙龄女子斥骂，顿时无地自容。

宁波两手按桌站起来，怒目相视。

袁康候退出去。

宁波气犹未消，一手将桌上笔筒横扫在地。

假日，正印来娘家小住，宁波反客为主，招呼服侍她。

正印见宁波忙个不休，不好意思："我妈呢？"

宁波取来一只大垫枕，让正印坐得舒舒服服，一边笑道："阿姨哪里有空？阿姨正享受人生。"

正印好奇："还是那人吗？"

宁波不以为然："什么叫那人，人家有名有姓，放尊重些。"

"你对他有好感？"

"任何令我阿姨生活愉快的人都算好人。"

她递一杯热可可给正印。

正印是那种精致的孕妇，穿件大衣就完全看不出她已怀孕六个月，胚胎很帮忙，乖乖地一点也不妨碍母体如常操作，正印一向是幸运儿。

"那个巧克力蛋糕，嗳，再来一块。"

"不可以，今天配给已发放，明日请早。"

正印微微笑："袁康候找过你？"

"你知道了？"

"我不见他，猜想他自然去找你。"

"奇怪，都以为我是好说客。"

"你轰走他？"

"他应庆幸我没朝他扔手榴弹。"

"你好像憎恨男人。"

"他也算男人？我爱极男人，可惜他不是男人。"

"对你来说，怎样才算男人？"

"不是每个有男性生理特征的人都算真正男子汉，男人要有勇气承担责任，爱护妇孺，有舍己为人的精神，带头吃苦……"

没想到正印反而帮男人说话："男人也是人，对血肉之躯要求无谓太高。"

"但是男人总得像男人，照目前男人水准看，我迟早成为同性恋者。"

"人家听了这种论调会说话的。"

宁波微微笑："你在乎人家说什么吗？"

"不，我才不理。"

"真好，我是你的同志。"

"宁波，你是冰清玉洁的一个人——"

宁波笑吟吟："我有黑暗的一面不为人知，每夜，当人们熟睡，我逐家酒吧穿梭，去寻找肉欲的欢乐……"

"得了得了，我知道了。"

宁波气馁。

"袁康候愿意离婚。"

"你仍关心他婚姻状况？"

正印答："我对他说，这不是谈判的条件，他应先争取独身，才来和我说话。"

宁波瞪大双眼，哗，大跃进，怎么一回事？

正印笑笑解答了她的疑问："因为我已不再爱他。"

不相爱，好说话。

宁波十分感慨。

正印说："他说他会争取。"

"相信我，十五年后，他照旧依然故我。"

"管他呢。"

这是正确态度，不能等任何人任何事，自己一定要有工作、娱乐、消遣。

这一章已经结束？又不见得，要待日后分晓。

傍晚阿姨回来，问道："正印在吗？"

"在睡觉，有点累。"

宁波推开卧室门，见正印躺在自幼睡的床上，床铺被褥还簇新粉红色，正印面孔也还十分稚嫩。宁波有点不明白，时间到什么地方去了呢？

她走近正印，在床沿坐下，握住正印的手，正印轻轻睁开双眼。宁波说："孩子与你会寂寞的，不如给他一个机会吧。"

正印讶异地问："你呢？你就不怕寂寞？"

"我习惯了。"

"胡说，这种事永远不会习惯。"

宁波靠在床头："我没问题，你放心，日后，我也许会与人同居分居数次，或结婚离婚数次，创业、赚钱、成名……忙着呢。"

"你会不会找到那个人？"

"茫无头绪，反正我没闲着，管它哩！"

孩子在七个星期后出生，一点点大，放在氧气箱里，宁波天天去看她，那幼婴容貌秀丽，五官精巧，一头卷发，像足了正印。

一天，在医院门口碰见袁康候。

他愉快地说："我正式离婚了。"

宁波讶异，这么快？由此可见如果真的要做，没有难成之事。

经一事长一智，从此宁波相信这世上没有离不成的婚。

之所以不离，大抵是当事人还不舍得离。

袁康候接着说："婴儿真漂亮可爱。"

讲这话的时候，他面孔散发着兴奋的光芒，宁波看在眼内，脸色稍霁，噫，此君人品不怎么样，可是此君倒是还算爱孩子。

这是他的福气。

"孩子像母亲，美妈生美女。"

"可不是。"宁波并没有跟他谈下去的意思。

"我与正印决定尽快结婚。"

宁波一怔。

"我的孩子总得跟我的姓。"

他的孩子，这么说来，他是十分肯定啦，想必有证有据。

"恭喜你。"

"宁波，让我将功赎罪？"

宁波哧一声笑："什么功，什么罪？你有什么功，如何去赎抛却前妻的罪！"

真好笑！

宁波一转头走。

灯火阑珊处

肆·

你使我快乐到以后无论有什么变化，

我都会原谅你。

三十二岁时

　　往回看，邵正印想来想去不明白，怎么会结过两次婚。

　　宁波时常揶揄她："少拿出来讲，你自己都弄不懂，旁人更不了解，要求人分析，到精神科医生处。"

　　正印怒道："自小到大，我觉得你爱讽刺我，开头还以为是多心，现在证实这是不折不扣的真相。"

　　宁波叹口气："真相是，我同你已经老了。"

　　正印笑，穿着大红套装的她走到镜子面前，端详镜中人，她搔首弄姿，然后附和地说："老了！"吁出一口气。

　　宁波知道她那样勇敢认老，是因为她一点也不显老。

再过二十年，口气也许就不同，可能只肯承认"我长大了"。

宁波加一句："时光如流水，一去不复回。"

正印看着宁波："你可没浪费时间，你把邵氏制衣搞得天下知名，业绩扩大百倍，成为上市公司，每期在美国时尚杂志的广告费用，可在本市置一层两房两厅公寓，本行谁不晓得江宁波三个字。"

宁波骇笑："你少夸张。"

正印也笑："我妈说得对：宁波是还债女。"

"我为的是自己，你看我穿得好住得好，食有鱼出有车。"

"宁波，你真神气。"

"你看我这些皱纹，皆因来回来回地跑，看完老美的面孔看老英，现在还得走大陆线，见人说人话，见鬼说鬼话，一天累得歇斯底里，客人不是说笑话，我都乱笑不已。"

"可是你得到了你要的一切。"

"小姐，刚开头而已，现在才叫作储备军火弹药，有资格出去和人家打，从前？谈也不要谈。"

"我爸说，他从来没想到邵氏制衣会有今天这局面。"

"上苍往往最照顾没有机心的人。"

"是，江董事。"

"别谦虚了，正印，你也有成绩呀！掌管美资银行东南亚大部分分行。"

正印居然谦曰："一身铜臭。"

"邵正印借贷手法谨慎，甚为同事诽议，直至某传媒大亨逝世倒台，几乎所有银行均水深火热，大老板庆幸之余，论功行赏，于是抬捧邵正印。"

正印沉吟："那次真险过剃头，那公司代表带着名牌钻表来见我，并答允回佣百分之一……"

宁波笑问："喂，如有外人听见我们姐妹俩自吹自擂，会有什么感想？"

"咄，此刻又没外人，来，继续吹牛，穷过瘾。"

两人笑得弯腰。

刹那间像回复到十六七岁模样。

宁波说："你看你多能干，这样兵荒马乱，还能结两次婚，生一个孩子，我差多了，交白卷。"

正印居然承认这都是成绩："真的，连邵正印都佩服邵正印，两次离婚何等劳民伤财，养一个孩子得花多少时间心血。"

宁波收敛了笑容："你看我们多伟大。"

"如今步入壮年，我得加紧进修养生之道，不攻，只守，起码享受三数载再说。"

宁波说："你说得对，我要向你效法，这几年最值得珍惜，趁父母还健康，我们尚有力气，生活又上了轨道，该好好耍乐。"

正印抬起头："最好能够恋爱。"

宁波笑了。

正印自嘲："你看我这个恋爱专家，人家一见就怕。"

"你现在已有精神寄托。"

"是呀，像所有母亲一样，全副心思放在囡囡身上。"

真没想到邵正印会和一般母亲丝毫没有分别。

囡囡的事比天大，一早分出尊卑，女尊母卑，凡事皆分先后，女先她后，那样目无下尘、骄矜刁钻的一个人，为了孩子，忽然低声下气，不怕累不怕脏，什么都亲力亲为，亲手服侍，使宁波觉得不可思议。

像孩子吃巧克力吃到一半忽然不想吞作势要吐，宁波吓得魂不附体大声叫嚷，正印走过来，若无其事便顺手伸过去接，那还是戴着几卡拉[1]大方钻的手！

又玩着玩着，宁波忽然闻到某种异味，又急得一额汗："怎么办？要不要马上回家？怎么在街上清理？"好一个邵正印，不慌不忙，把孩子抱进大酒店找洗手间，不消五分钟便搞妥出来。

以致宁波对阿姨说："我不行，我做不到，我怕脏。"

阿姨劝道："通通交给保姆好了。"

"不，正印是对的，母亲也得尽量参与，除非要上班，否则还是亲自动手的好。"

"孩子养下来，你就不觉得臭。"

宁波打一个冷颤，不去想它。

如今囡囡已经六岁，拉得一手好提琴，时时演奏一曲，娱己娱人，特别受外婆赞赏。

她与母亲住在一起，不过一有假期，就到外婆家寄宿。

---

[1] 卡拉：又译为克拉（Carat）。

至于宁波，她仍然陪着阿姨。

那张单人床，足足睡了四分之一世纪，换过两次床褥，始终不舍得扔掉。

她搔着头皮："别的床，睡不好。"

阿姨笑着说："我们家董事长的闺房，可真朴素得紧。"

一床一几一书桌一椅一书架一衣柜，参考书文件全堆在地下，私人电脑放在床头几上，人蹲在地上打字，两部电话一公一私放在墙角，传真机搁衣柜里，用时才取出插上电源。

越是这样挤迫越有灵感，晚上睡的时候把床上书籍搬到地上，白天起床又搬一次。

正印不止一次纳罕："真是怪人。"

宁波刚买了房子，背山面海，风景秀丽，书房宽敞无比，可是待不住，兜个圈就想走。

在阿姨家她才有归属感。

阿姨最高兴是这点。

办公室也一样，大房中再隔一间小房，秘书座位比她的舒适，她站起来时要挣扎一番，往往钩烂袜子。

那一天，秘书说："何先生找。"

到了这个年纪，认识的人渐多，记姓名的本事渐渐衰退："何什么先生？"

"何绰勉。"

"有这样一个人吗？"宁波茫然。

"江小姐，那是我们以前的公司秘书何绰勉。"

呵，是，小何，那个小何。

"接进来接进来。"

秘书微笑退出。

"小何，好吗？失踪多年，别来无恙乎？"

何绰勉却感动了："宁波，没想到你还记得我。"

宁波暗叫一声惭愧，急急施展她巧言令色的本事："小何，你要是真想我记得你呢，五六年间也该写封信送束花打个电话，不必音讯全无，令人牵挂。"

小何支支吾吾，颇不好意思。

"你是路过还是回流？"

"我回来定居。"

"我以为你去半年就会回来，怎么要待六年后才回归？"

"后来我到加拿大去了。"

"要花六年吗？"

"后来，我结了婚。"

啊，宁波立刻收敛调笑语气："那多好。"

"后来，我又添了两个孩子。"

这就难怪了。

"如今一家回来住在岳家，想找老朋友帮忙。"

"不要客气，当尽绵力。"

"宁波，你果然热诚如故。"

语气中颇有感慨，可见已遭过白眼。

"我替你洗尘，阖府统请，你把联络电话告诉我，我替你安排一切，现在是我报答老臣子的机会了。"

何君一听，几乎没哽咽起来。

那是一个冬季，他回来约有一两个月，从前的联络已经完全断开，在报上看聘人广告，薪水有限，不合心绪，他找过朋友，都朝着他打哈哈："何君你最有办法来去自如，我们怎么和你争。"他找江宁波，不过是挂念她，想叙叙旧，没想到她一口承担，胳臂可以走马。

他连忙说："我一个人出来。"

"不，我坚持一家人。"

"孩子们吵。"

"你放心，我有做阿姨的经验，你还记得邵正印吧，嗨，那真是个人精……"

何绰勉笑了。

他仍然没想到江宁波会周到至这种程度。

她在酒店餐厅订了一间房间，带来一男一女两名助手，女的专门照顾孩子，男的帮她招呼何氏夫妇。

她比客人早到，何绰勉一进门便看到穿灰色凯斯米[1]套装配珍珠首饰的江宁波，一脸真诚笑容真有宁神作用，何绰勉放下心来，介绍妻儿。

三言两语宁波便进入话题，问及何家四口衣食住行的问题，当着何太太的面，帮他编排。

"你们回来得及时，移民潮刚开始，你俩已取得护照，先走一步，甚有见地，房屋价格此刻陷入低潮，赶快买入

---

[1] 凯斯米：又译为开司米（Cashmere），即山羊绒。

自住，我派人带你去看，孩子们自然读国际学校幼稚园，至于工作方面，我们永远欢迎你。"

三言两语，就把何家所有压力卸掉。

也难怪要何绰勉把妻儿带出来，免得人误会。

这不只是一顿晚饭，这是一个小型会议。

一顿饭吃了两个小时才散，宁波自有司机车子送客。

在车上，是助手先对宁波说："那就是从前我们的公司秘书何先生？我都不认得了，老许多。"

是，整个人粗糙了，皮肤、头发、衣着、举止、言语，不复当年尔雅细致。

"结了婚，担着一头家，哪里还拨得出时间精力修饰与进修。"

"那，牺牲是太大了。"

"所以我不肯结婚。"

年轻的助手问："那我呢？"语气惊惶。

"你急什么，你才二十岁出头。"

她又像放心了。

何氏一家穿北美洲带回来的冬装，尼龙面子夹尼龙棉，涨鼓鼓，硬邦邦，衣管衣，人归人，背在身上像只壳子，真正难看。

一看就知道他这几年在加拿大的际遇不怎么样。

这时宁波已弃穿皮裘，统身凯斯米，轻、软、暖，无与伦比，就一身装扮已经将她与何绰勉分隔成两个世界。

还有，她发觉男人的一双手会粗糙，一定是过去几年剪草洗碗全部亲自动手缘故，何绰勉已变成一个标准家庭男人。

宁波轻轻把他的名字自温馨册中删除。

他并没有回到邵氏制衣工作，稍后他的机会来了，安顿好妻小，长征到上海为新老板搞生意，年薪暴增，宁波很替他高兴。

他们又见过一两次面。

他关心她："还没有对象？"

宁波摇摇头。

"当心蹉跎。"

宁波戏谑："有能力的人都追求女明星去了。"

"你要求一向高。"

"不，有个要求，尚可照着指标完成大业，我，我没有目标。"

"仍在追求真爱。"何某莞尔。

宁波瞪他一眼："老何，你少取笑我。"

小何已变成老何了。

正印的意思是，最少结一次，最多一年或两年后，离掉它，争取生活经验。

"你看你现在是个老小姐，某方面是一片空白。"

宁波把脚搁在欧图曼椅上吃苹果，闻言微笑："你暗喻我性生活一片空白。"

"我没有那么大胆。"正印咕咕笑。

"正印你什么话说不出来。"

"你现在见识广，阅历丰富，什么没穿过什么没吃过，从前能叫你兴奋的人与事，今日已不能叫你扬起一角眉毛，你还能找到真爱？经您老法眼一瞄，通通小儿科，你还会爱上谁？"

宁波忽然跳起来："囡囡在何处？哎呀呀，她准是在我房里捣蛋，喂，我有重要文件，喂，囡囡——"

要到傍晚，才能把话题续下去。

"囡囡，将来宁波阿姨老了，坐在轮椅上，你会不会推我？"

那囡囡何等精灵，闻言踌躇："不，阿姨，我要去跳舞，你找我妈推你。"

宁波气结，问正印："你推不推我？"

"神经病，我与你同年，还健步如飞不成，届时我自己还坐轮椅呢，怎么推你！"

宁波气馁："好，我自己生六个孩子，准有一个孝顺会服侍我。"

"你不如多赚一点，老了聘请专家护理人员是正经。"

宁波非常恼怒："囡囡我以后不再疼你。"

"别担心，你看我母亲多好，还偕男朋友游欧洲呢。"

"还是那个人。"宁波微笑。

"是呀，还是那个人，日久生情，现在连我见到他都有点尊敬，他令我母亲快乐，功劳比我父亲大。"

宁波缓缓说："不过这些年来，她负责他生活开销。"

"快乐无价。"

"你不介意就好。"

"唏，你试带一沓现款到街上买欢乐来看看，物价飞涨呵小姐，我妈这次投资的回报率算是极高。"

宁波承认："阿姨眼光一直好。"

正印说："他也很愿意为她奔走，总是尊她为大，讨好她，这点完全真心。"

现在人人都想开了，假作真时真亦假，无所谓啦。

第二天，正在忙，宁波接到一通私人电话。

"我是区文辞，宁波，周末我们打网球，一起来。"

这区文辞，是邵正印第二任丈夫，婚姻只维持了两年，可是他对大姨姊江宁波却有着不可磨灭的好印象。

"我不谙打球。"

"咄，谁叫你来打球，我介绍人给你。"

"文辞，我年纪不小了，怎么还能老着面皮出来相亲。"

"当来看看我，我们起码三个月没见面了。"

区文辞是富家子弟，为人天真活泼，宁波对他印象不坏，远胜袁康候，可是这种场合她实在不想出现。

区文辞终于说："星期六是我生日，宁波，你忘了。"

宁波根本没有记得过，但至此，已不忍扫这个大孩子兴头："我来一下子，要带什么吗？"

"不用，你人来已经够好，星期六中午十二时开始我在家恭候。"

"正印会来吗？"

他犹自悻悻然："正印？是谁？从没听过此名。"

所以说，世上哪有和平分手这件事，正是：可以和平，何用分手。

其实星期六宁波没有空，她亲自陪一个大客户参观厂房巡至中午，还需陪客吃饭。

客人是白手起家的美国女子，离婚后独自创业，十来年间成绩斐然，宁波十分敬佩她，对方很快觉察到这一点，与宁波惺惺相惜。

吃完饭已经三点多了，她接了个电话到区家，区文辞大声叫："你还没来！"

"十分钟就到。"

宁波把车子开得飞快，向山上奔去。

区家洋房门口停满名贵跑车，宁波把车子放得比较远，她只打算留一阵子，走的时候不妨碍人。

才走近大门已经听到乐声悠扬，笑谈声盈耳，屋内起码有三五十个客人。

一时没看见区文辞，宁波找到冰镇香槟瓶子，自斟自饮。

客人都年轻貌美，大部分穿着白色衣服，宁波拿着酒杯坐下来，忽然觉得此情此景似曾相识。

下意识她好像已经到过这间房子这个场合，她有点恍惚。

对，情调多像某年正印与她参加的网球比赛。

宁波缓缓走出区家后园的网球场，只见一片绿茵，区文辞与一女郎组成双打，与另一对男女相持不下，围观者众。

在这样繁忙苦楚的都会生活里，这班年轻男女居然可以觅得如此悠闲乐趣，这已与财富无关，宁波心想，没有志气出息真正好。

这也正是邵正印与区文辞分手的原因吧。

"你今冬打算做什么？"

"嗯，到温哥华滑雪吧。"

"工作上有什么计划？"

"呵，打算开设一家最先进占地最广的夜总会，名字都想好了，叫月圆会。"

心甘情愿做夜总会领班。

邵正印怎么肯夫唱妇随。

坏是坏在并非每个富家子弟都如此耽于逸乐，正印知道许多二世祖在事业上愿意打真军，在商场上炼至金睛火眼，她就是喜欢比较，一比较便百病丛生，开始对丈夫失望。

呃，前夫。

分了手又觉得区文辞本性谦和，不是坏人。

但是区文辞已经伤了心，不大肯见她。

这场业余网球赛直把时光推后了十多年，宁波握着杯子，真不相信她也曾经做过十六岁的少女。

再喝多一杯，难保不落下泪来。

她转过头，觉得自己与这个地方的气氛格格不入，想即时离去。

可是自早上八时忙到下午四点，宁波已有点累，她在书房看到一张乳白色的丝绒沙发。

噫，不如人不知鬼不觉地睡上半小时。

她脱下外套，搭在身上，把面孔向着沙发内里，一闭上眼睛就堕入黑甜乡。

宁波在心底说：死亡如果只是这样，就丝毫不见可怕，还醒来干什么呢？人世间纷纷扰扰，又没有人爱她。

她睡得好不香甜。

醒来时根本不知身在何处，她睁开双眼，一盏灯也没有，通室漆黑，这是什么地方？是学校宿舍，还是父母的家，还有，这是几时？父母刚离婚，还是她尚在留学？

宁波嚯一声站起来，才猛地想起这是区家。

连忙摸索到电灯开关，书房才大放光明。

她松出一口气，看看手表，老天，已经晚上九点半，还不走等什么时候？

她拾起手袋，又坐下来，托着头，叹口气，真要命，人老了，不经挨，竟在别人家里一眠不起。

客人早已散去，用人正在客厅收拾餐具，看见她，一忙："二小姐，你怎么在这里？什么时候来的？区先生整个下午在找你。"

用人还称她为二小姐，宁波不禁有点尴尬。

她搭讪问："客人都走了？"

"只剩孙先生在厨房里吃东西。"

"啊。"宁波打算溜走。就在这个时候，她那不争气的肚子忽然咕噜咕噜叫起来。用人笑，"二小姐，你也吃点吧。"

"好，我招呼自己，你继续工作。"

走进厨房，只见一个男人比她先在那里，背着门口，正在吃香闻十里的意大利番茄肉碎面，桌上还有一瓶红酒。

她咳嗽一声。

那人回过头来，有点诧异："他们都到月圆会跳舞去了。"

"呵，是吗？"

宁波取过一只干净碟子，盛一大碟肉酱面，自顾自吃将起来。

说实话，区文辞无论有什么缺点，也最少有一个优点，他知道什么是美食，经他发掘，最普通的菜式也可以叫人赞赏不已。

宁波据案大嚼。

她又老实不客气喝那瓶红酒，一边唔唔连声，表示激赏。

然后，打开冰箱，找到巧克力冰激凌，用大碗盛着，埋头苦吃。

一句话都没有。

吃完，用湿毛巾擦一把脸，打算打道回府。

那男子叫住她："喂，你的手袋。"

她朝他笑一笑，接过它，挂在背上。

人家问她："你是谁？"

宁波摊摊手："相逢何必曾相识。"忍不住打一个饱嗝。

对方伸出大手笑了："我叫孙经武。"

"你好，我名江宁波。"

"原来你就是二小姐，久仰大名，如雷贯耳，文辞一整个下午都在找你。"

宁波叹口气："我累极了，在书房里睡着了。"

"你是唯一有工作的人，当然会疲倦。"

这句话说到宁波心坎里去："你呢？你做不做事？"

"我放假，这次回来，为承继遗产。"

宁波又缓缓坐下来："那多不幸。"

那孙经武叹口气："我与家父多年不和，他一辞世，却又把童年种种一股脑儿全勾画起来，伤感得不能形容。"

"我们到客厅去说。"

宁波对这间屋子自然很熟悉，走到偏厅，自然有人斟上茶来。

这个时候，她又不那么急着要走了。

她在柔和的光线下看着孙经武高大强壮的身形，忽然问："我们以前见过面吗？"

"我可以肯定没有。"

"或者在一个偶然的场合。"

"如果我见过你，一定会记得你。"

这真是最好的恭维。

此君叫人舒服。

偏厅的长窗外是游泳池，人散了，灯还开着，映得水光粼粼。

那些人干吗还要去月圆会？宁波觉得这样坐着暂时不必理会下一季纺织品配额已是天底下最大乐事。

她的要求一向卑微。

宁波不舍得离去，许久许久许久，她都没有机会与异性投机地倾谈不相干的人与事了。

她的头发需要梳理，她的妆早已掉尽，可是她觉得毫不相干。

她看看表："十一点了。"十分讶异时间过得那么快。

"我送你回去。"

"我自己有车。"

"如果时间不是太晚，你或许愿意到舍下小坐。"

宁波十分意外："你住在哪里？"

她以为他住外国，是区文辞的客人，暂居区家。

"我就住隔壁十一号。"

"呵，是区家邻居，你过来干什么？"

那孙经武坦白笑着承认："我天天过来吃三餐，区家的厨师首屈一指。"

宁波大笑起来。

"来，过去看看你家。"

孙家占地更广，平房筑在山坡上，坡下是整个海港的夜景，霓虹灯闪烁生光，像撒了一地的珠宝，美不胜收。

宁波站在山坡上怔住，此情此景，她不知在什么时候明明经历过，她久久不能回过神来。

孙经武背着那一天一地阑珊的灯光笑道："大驾光临，蓬荜生辉。"

他家里的装饰与区家刚刚相反，区家堆山积海全是精品，多到烦多到腻，他家简单考究，每件家具都精致实用，没有多余的摆设装饰。

书房尤其整洁，一张大书桌，一张椅子，一台电脑，一只庞大的地球仪，连音响设备都欠奉。

大概他像她，一心不能二用。

宁波也是，工作时不能听音乐。

他解释："我不懂室内装修，承继了这间屋子，打算长住，便照自己的需要置了几件家具。"

有几间房间还空着。

宁波问："可以参观你的睡房吗？"

他推开睡房门。

大床大沙发大更衣室，宁波微笑。

难怪她觉得来过这里，这种布置与她的家何其相似。宁波侧着头想一想："改天你也应该来我家。"

孙经武答："一定，一定。"

他们两在客厅坐下来，不知怎的，没有开灯，只靠走廊一点点灯光。

宁波说："告诉我，孙，你何以为生？"

无论承继了多大笔遗产，一个人总得有工作。

"我专门帮客人买卖美国股票。"

这门职业不错，宁波颔首。

孙经武眨眨眼笑笑："还有什么问题？"

宁波看着他，唏，揶揄我？必须还招："还有一题：你有没有一个毛茸茸的胸膛？"

孙经武料不到宁波那么厉害，不过他表面不动声色，反问："你要不要现在就检查？"

宁波眯眯笑："稍后吧，总有机会。"

孙经武乘胜追击："什么时候？希望不必等太久。"

宁波说："白天吧，白天无论看什么，都与晚上不一样。"

至少意志力强些，脑筋清醒点。

"明天早上七点，我到府上接你。"

宁波疑惑："那么快，那么早？"

他没有回答，过了很久，他才说："刚搬进来，我四处看了看，发觉这条私家路上，一共有三个单位，左边是区家，右边住一户美国人，姓庄臣[1]。我对自己说：与哪一家结交，到哪一宅去串门呢？我心有目的：年纪不小了，又时常觉得寂寞，渴望伴侣，区家时常高朋满座，客似云来，也许，我会在那里找到我所盼望的人。"

宁波小心聆听，她在专注的时候神情认真，有点像听教训的孩子，十分可爱。

孙经武的声音越来越轻："我跑区家跑了六个月，甚至在区文辞外出旅游的时候，我都揿铃到区家吃晚饭，心想：

---

[1]　庄臣：又译为约翰逊（Johnson）。

找不到人，混到吃的，也算不赖了。我在区家少说见过百来个女子，有人可爱，有人可怕，有人快乐，有人伤感，区家天天都有乐声传出，我晚晚都去观光。"

宁波不出声。

"然后今晚，你出现了，人是万物之灵，多少有点灵感，你呢？你认为如何？"

过一会儿，宁波才答："红的灯，绿的酒，我看不清楚，一定要等太阳出来，我从不在晚上做任何决定。"

"那么我在早上再见你。"

"你知道我住在哪里？"

他微笑："我会找得到。"

"让我把地址告诉你。"

孙经武的声音忽然有点苍茫，固执地说："已经找了那么久，我不介意再找一次。"

宁波不出声，他送她到车子附近。

她忽然转过头来微微笑："你懂不懂接吻？"

他也笑："你不会失望。"

宁波笑着把车子开走。

一路上风扑扑地吹上脸，她带着笑意悄悄落泪，这不正是她期待良久的感觉吗？原以为该早点来，不过现在还不算太迟，却没有想到会带若干凄惶。

她回到阿姨的家，照旧躺在小床上，又睡着了。

做梦，闹钟没响，一觉醒来，已经十点半，懊恼地问正印："你为什么不叫醒我？"正印答："啐，男生多的是，何用心急。"

那个梦过去了，又再做一个：孙经武跑错了地方，走到她自己的家去了，一直在那边空等……

一觉惊醒，发觉才早上五点半。

一把头发又乱又重，她起床淋浴洗头。

许久没在镜中端详自己，宁波一边擦着头发一边凄凉地看着镜中。

姿色是大不如前了，可是褪了色的红颜总还有一个美丽的影子，她找到一管胭脂，狠狠地涂在嘴唇上，那紫红色忽然衬得皮肤更白，双眸明亮，宁波满意了，套上净色上衣与相配的套装。

不管孙经武来不来，她可是还要上班的。

一切准备好，她戴上蚝式手表，一看时间，才六点半。

她推开窗，看下去。

清晨的空气有种特别的味道，就是在都会，也还闻到一阵栀子花香。

时间没到。

宁波忽然想，也许他起不了床，更可能一觉睡醒，他已浑忘昨夜之事。宁波有点紧张，叹口气，真是受罪，这样一大把年纪，还得受这种煎熬，划不来。

下不为例！

正在这时候，她听到一阵悦耳的鸟叫。

噫，谁家养的八哥，如此好唱口。

心绪好转，探头张望。

鸟鸣再度传来，宁波才猛地察觉那是一个人的口哨声。她喜悦得差点没跳起来，凝神一看下去站在路对面榕树底下的，可不就是孙经武。

她朝他挥手。

这时天色已大亮，高大的他精神奕奕，神清气朗，正朝她挥手。

她抓起皮鞋手袋就奔下楼去。

打开门，走近他。

白天的孙经武可要比晚上年轻英俊，她猜他年纪和她差不多。

他摊开手笑："清早可以做出决定了吧？"

宁波是真心犹疑，并非推搪，她一边穿上鞋子一边说："我不知道，也许应该再给我一次机会，中午才是我状态最好的时候。"

孙经武双手插在口袋里："我了解你的心情：守着一颗心已经那么长久，实在不舍得交出来。"

宁波感慨地答："也许会遭受践踏的呢。"

"别人好似没有你怕得那么厉害。"

宁波哧一声笑出来，别人用的可能是复制的橡皮心，扔过去反弹回来，刀枪不入，即使丢落坑渠，家里还有十颗八颗，不怕不怕。

他俩站在榕树底下聊起来。

这时，家里老用人出来招手："太太说，为什么不请到家来喝杯茶？"

宁波转过头去："我要上班去了。"

"太太说，今天不上班也罢，没有空，告一天假吧。"

孙经武看着她："听见没有，到了中午，就可以在最佳状态之下，做出决定。"

宁波弄糊涂了："什么决定？"

孙经武大大讶异："你不知道？当然是结婚。"

"结婚？"宁波张大嘴，"谁提过结婚？"

"我，刚才不是提到了吗，你没听清楚？好，让我再讲一遍，我们结婚吧。"

宁波看着他。

她没睡好，不能精确地思考，可是，她耳边有一个小小的声音说："江宁波，结婚不同办公，何必用脑？"

这时，老用人走过马路来："二小姐，太太请你们进来。"

孙经武至为踊跃："听到没有？请我们进去呢。"

他拉着宁波进屋。

阿姨在等他们，笑问："在街上絮絮谈什么？来，把朋友介绍给我认识。"

孙经武忙不迭报上姓名："阿姨，我向宁波求婚呢。"

方景美女士一听，不管三七二十一先乐了："那，宁波有无答应？"

宁波抢着说："阿姨，我们认识没多久。"

方女士一心想把外甥女嫁出去："唉，结婚同认识多久不相干，"不过这也是事实，"多少人认识二十余年却一点感觉都没有。"

宁波赔笑："我得想想清楚。"

阿姨说："听从你的心。"

宁波问："会不会错呢？"

阿姨笑了，像是听到天底下最愚蠢的问题，呵，结婚不过是一种生活方式，何谓错，何谓对。

宁波又说："日后我也许会变心。"

这次，连孙经武都笑："于是，你因噎废食了。"

宁波弄糊涂了，怎么会跑出阿姨这样的天兵天将来帮他说项[1]？

---

[1]　说项：指替人说好话或说情。

她看看表："我真的要上班了，在途中谈论细节吧。"

阿姨叮嘱："先告诉你母亲，再通知正印。"

事情就这么决定下来了。

宁波不知道国与国之间开仗可以决定得如此仓促。

她到母亲家去报告这个消息。

宁波很少看到母亲真正展露笑容："宁波，好一个喜讯。"

宁波微笑："不一定是成功的婚姻啊。"

"我为你高兴。"

"妈，你相信我眼光？"

"这自然不在话下，即使日后有变，我亦相信你有承担错误的能力。"

宁波睁大双眼："这样说来，我嫁的是谁，根本不重要？"

"只要你喜欢就行。"

"不会一失足成千古恨？"宁波简直有点遗憾。

她母亲先坐下来喝一口茶，想了想才回答："即使将来意见不合，或是话不投机，也可以和平分手，何恨之有。"

"为什么？"宁波追问。

"因为你们二人根本没有利害冲突。"

宁波深深失望："咄，不能恨，怎么可以算是爱？"

她母亲含笑答："再爱多一点吧，或者可以生恨。"

"我真的很喜欢他，不能再多了。"

对正印，她也是这么说。

正印有点失望："什么，一点波折也没有就嫁过去？"

宁波不服气："你呢，你的婚姻又有什么创伤？"

正印白她一眼："我的伤疤还给你看呢。"

"算了吧，每结一次婚你就得到多一点，那么大笔赡养费，那么可爱的孩子，羡杀旁人。"

"那也不表示离婚不是悲剧。"

宁波温和地说："从前，女性精神与经济均无独立能力，离婚等于失去牢靠安全的生活，需要从头适应挣扎，自然恐惧彷徨，现在，连面子问题都不存在了，还怕什么呢。"

正印看着窗外："可是有时我真怀念他。"

宁波一怔："谁？"

她以为她会说是袁康候。

"你记得我同你小时候去观看网球赛？"

"我知道，"宁波颔首，"那不知名的白衣青年。"

"就是他。"

"他已不是青年了，他也是人，他会长大。"

"你有没有想过他可能会再出现？"

"没有，正印，你知道我这个人，全身找不到一丝浪漫的思维。"

正印很温柔地看住姐姐："那是不对的，你只不过为着迁就环境强迫对自己的情怀做出调整，忍耐至今日，生活大好，才纵容自己与一个陌生人结婚作为奖励，我讲得可对？"

宁波落下泪来。

"可怜的灵魂，我太不体贴你，宁波，我竟一直不知道你原来并不快乐。"

"是我生性狷介，我不能对寄人篱下泰然处之呀。"

"但我一直爱你若亲生。"

"我知道，所以我要更加小心努力呀！"

"现在一切已成为过去了吧。"

"记住正印，好歹与囡囡一起生活，千万不要把她托寄给人，即使是我也不要。"

"你给我放心，这种事不会发生在她身上。"

姐妹俩紧紧拥抱。

接着，宁波的情绪平复下来，正印与她谈到婚纱、指环、请客的细节。

"一切从简，我不打算举行仪式。"

"你会后悔的。"

"值得后悔的事多着呢，去年一时疏忽，竟无尽力竞投马球牌[1]牛仔裤，损失惨重，至今午夜梦回，心中刺痛不已，嘿，今年誓死扑出去争代理权！"

正印啼笑皆非。

"你们到什么地方去蜜月？"

"坦几亚[2]。"

"有黄热病。"

"正印，我同你真是老了，提起威尼斯，联想臭水渠，

---

[1] 马球牌：又译为保罗牌（POLO）。

[2] 坦几亚：又译为丹吉尔（Tangier），摩洛哥北部古城、海港，丹吉尔省省会。

说到纽约，想起罪案率，讲到内地，想到要方便不方便，还有，东京代表次文化，伦敦天气叫人自杀……世界千疮百孔，而你我最好往自己的床上一躲，睡他一整年。"

两人笑作一团。

结果，他们没有去北非，他们到马来西亚槟城一个不知名的洁白沙滩附近一家旅馆住了足足一个月。

每天跳舞至天明，累极而返，肚子饿，把早餐叫到房间来吃，侍者第一天看到他俩坐在床上，仿佛裸体，目不敢斜视，悄悄放下食物。

江宁波笑："小费在茶几上。"

孙经武保证说："我们并非天天如此。"

他食言了。

他俩确实天天如此。

到最后，侍者见怪不怪，并且开始争："我去，小费十分丰厚，今天这机会给我。"

那对贤伉俪睡醒了已经夕阳西下，他俩才到沙滩游泳。

孙经武问她："快乐吗？"

宁波点点头。

"可以形容一下吗？"

"你使我快乐到以后无论有什么变化，我都会原谅你。"

"宁波，谢谢你。"

"一切都是值得的，我不该对婚姻没有信心。"

孙经武看着她："这不过是蜜月，婚姻是斫柴打水煮饭洗衣，尚未开始。"

虽不中亦不远矣。

回到家，一个月后，宁波还没有搬到孙经武家去。

阿姨逼迁。

"你把杂物收拾过门去呀！"

宁波踌躇："那里好像住不下。"

"胡说，近四千平方英尺住不下你二小姐？"

"他的家具井井有条，与我的东西不配，我怕破坏协调。"

阿姨讶异："宁波，你逃避什么？"

宁波有点懊恼："现实生活挺折磨人，我不想他看到我为琐事烦恼的样子，在这里，我是公主，到了那里，我即被贬为打杂，什么水龙头滴水茶叶用罄杯碟不够灯泡坏了等等通通与我有关，我哪里还有空做正经事。"

阿姨从未听过如此怪论，不禁张大嘴巴。

半晌她说："难怪阿姨一事无成，原来壮志都叫这个家给折磨殆尽了。宁波，你猜把家交给工人行吗？"

宁波摇摇头："凡事非亲力亲为不可。"

阿姨啼笑皆非："你还亲手抹玻璃窗不行？"

"监督他人抹也十分需时。"

阿姨瞪住她："我不管，月底前你一定要搬出去。"

宁波到正印处诉苦："太没人情味。"

正印说："凡事开头难，一上了手就好了，你总得有一个自己的家。"

"我的家就是阿姨的家。"

"嘿，她的家甚至不是我的家，规矩多得要命，我真佩服你，怎么适应过来。"

"现在我已不想到别处去住。"

"那干吗结婚？"

"我贪图那个蜜月。"

"宁波，你积蓄已是八位数字，好退休了，天天度蜜月亦可。"

宁波赠以白眼:"什么八位数字,你哪只手给我的?乱讲。"

"我妈对我说的,不消三五载,当可昂然进入第九位。"

宁波不出声,过一会儿她才说:"如今物价高涨,不是八位数字可还真不能算是积蓄。"

"我永远只得五千元存款。"正印笑嘻嘻。

"你妈就是你的银行,不一样。"

"妈对你和她对我,其实是一样的。"

宁波摇摇头:"一个大浪卷来,她只能救一个人的话,她会救亲生儿。"

"你不是会游泳吗?况且,几时有那么一个大浪?"

"我是打一个比喻。"

"我知道,宁波,不可能发生的事喻来干什么?"

宁波凄凉地说:"小时候我每晚做梦都看见这个大浪向我扑来。"

正印唏嘘:"你隐瞒得真好,我一点也不发觉。"

"我藏奸呀!"

"孙经武有没有催你搬家？"

"他说：'当你准备好之际……'"

"这个周末我来帮你搬。"

"也好，试试看。"

真的做起来，倒也不大困难，一个上午就搬好了。

江宁波终于自阿姨的家搬到自己的家去。

却是她自己那空置了近三年的公寓。

孙经武去看过，不以为忤地笑："我以为夫妻需同居。"

宁波答："从来没有这样的条文。"

孙经武搔搔头皮："一定是我忘记细阅合同上的小字。"

正印打圆场："给她一点时间，她是老小姐，忽然嫁人，一时适应不来。"

也许理由就是那么简单。

周末，宁波总是带着香槟到孙家去度假。

熟习孙经武生活习惯后，她更打消了与丈夫同居的意愿。

孙氏做美国股票，整晚留意华尔街两间交易所行情，到清晨才有时间眠一眠，然后又到证券行与行家联络。

根本没有时间付给家庭。

一次在正印家吃晚饭，囡囡忽然指着荧幕说："姨丈，姨丈。"

可不就是孙经武，正在对记者讲解财经走势。

宁波忽然觉得他是一个陌生人。

正印在一旁赞道："你看多英俊！"

宁波不语。

正印醒觉问："有什么不妥？"

"我不认识他。"

"你根本没有花时间在他身上，你对他如对棉纱纺织品配额，就一点问题都没有。"

"对，我们明年将赞助三位理工大学学生的设计，打算抬捧他们作品。"

"会成功吗？"

"总得一试。"

"恐怕得走东方奇趣路线吧！"

"我最怕大衣上一行中文字那种设计。"

"可是洋人总会看腻男人的辫子与女人的小脚的吧？"

"我一直喜欢三宅一生，他比较随和。"

"你说到什么地方去了？那是东洋人。"

"宁波，你不愿谈你的婚姻状况，我只好同你瞎扯。"

宁波沉默，过一刻说："我只能在周末做他的妻子。"

正印鼓励她："那你得开心见诚地与孙经武商量。"

孙经武听了这建议半晌才反问："宁波你不觉得那样有点怪？"

"你没有时间我也没有时间，只好迁就。"

孙经武考虑一会儿，试探地问："你会不会缩短上班时间？"

此言一出，便知错矣，只见江宁波面孔变得像玄坛，拂袖而起："你又会不会转行？"

孙经武立刻告饶："记得你说过什么？蜜月时你应允无论如何你会原谅我。"

宁波脸色稍霁。

"我们每人每天缩短一小时工作时间如何？至少每天一起吃顿饭。"

宁波说："我尽量设法。"

可是一个月实验之后，那顿饭变成负担，有两次孙经武赶不回来，有一次江宁波爽约，都累对方空等，真在一起的时候，忽然又没话可说。

宁波对正印说："我仍然爱他，不过很难表达出来。"

"你不如退下来做一个家庭主妇，试试看，蛮好玩。"

"不是我那杯茶。"

"试一试。"

宁波摇头："我不能在这种时候放弃我胜任的工作去做一件毫无把握的难事。"

"婚前没考虑到这一点？"废话。

"对不起，那时我刚坠入爱河，没想到这种现实问题。"

"应该可以解决的吧？"

孙经武也说："宁波，耐心一点，这件事是可以解决的。"

一个月之后，发生了黑色星期一事件。

宁波手中抓着不少股票，已决定作为不动长线投资，短期内不论赚蚀。可是孙经武身为中间人，忙得人仰马翻，十天十夜之内没有合过眼。

这段时间，宁波不能坐视不理，只得搬到孙家与丈夫同住，谢绝应酬，只回厂处理一些要事。她守在家中用耳机听音乐，替孙经武斟茶递水，偶尔给他一个拥抱，他自外回来，为他脱下外套叫他休息。

她不大说话，可是事事体贴。

他不睡，她也醒着。他想吃什么，她陪他。

他若叹息，她帮他捶背。

以致孙经武说："宁波，你对我好得以后无论发生什么事我都会原谅你。"

宁波说："经武，让我们继续做夫妻吧！"

"什么，"孙经武讶异，"你想过离婚？"

是，宁波的确考虑过。

是这场股票灾难救了他们的关系。

宁波自身后搂住丈夫，面孔贴住他背脊。

她问："我们穷了吗？"

"如果是，又怎么样？"

"马上离开你。"

"会吗？你真会那么绝情？你不打算余生照顾我？"

"余生是一段很长的日子。"

"我会尽量省着吃。"

孙经武外形有点憔悴，一整天没刮胡髭，又故意咳嗽几声，装一副潦倒相，宁波看着他，忽然很认真地说："好吧！我背着你走。"

孙经武很感动："宁波，谢谢，谢谢你。"他知道有女子因对方穷了免他骚扰召警侍候。

"我们是不是真的很穷？"

孙经武忽然笑了："不，我们没有，可是客户有。"深深叹息，"我竟没看到这场浩劫。"

"你又不是未卜先知。"

"我虽不杀伯仁，伯仁因我而死。"他捧着头。

宁波隐隐觉得不妥："你打算怎么样？"

"若是古人，应当自杀谢世的吧？"

"你敢！"

"事前其实已有种种迹象，是我财迷心窍，未能向客户提出充分警告。"

"他们未必听取。"

"那是他们的事，可是我没有尽我的责任。"

宁波见他情绪陷入低潮，只得力劝："不用跳楼吧？嘎，胜败乃兵家常事，看开点。"

半晌，孙经武才抬起头："经过这次，我大彻大悟。"

宁波瞪着他："你要剃度了？"

孙经武不得不笑出来："不不不，我恋恋红尘，不舍得放弃繁华锦绣的人世间，我打算这次收拾完残局之后，改行做别的。"

宁波呆半晌，要过一阵子才完全消化孙经武的意思。

"转行，做什么？"她大大纳罕。

"我有一张伦敦大学经济学文凭，也许可以教书。"

宁波立刻问："女学生都年轻貌美吧？"

孙经武马上答："校花都出在经济系。"

宁波说："半途出家，未必讨好，你要三思。"

"是因为学生是美女吧。"

宁波温柔地答："当然，不然还为生活不成。"

"要是我答应目不斜视呢？"

"不行，人不迷花花自迷。"

"你认为我还有魅力？"

"从来也不比现在更富吸引力。"

到了翌年春季，孙经武就真的退下来了。

这时，宁波已经在他家里住成习惯，把部分衣服用品也带了过来，并不认为不方便。

正印来看过，觉得很好："你们贤伉俪都喜欢陋室空空，非常相配。"

宁波瞪她一眼。

正印掩住嘴："对不起，那不是一句好话吧。"

"囡囡说话都比你更有纹路。"

最值得佩服的自然是阿姨，损失多少，一字不提，反正根基深厚，无所谓。

孙经武空了下来，宁波自然得陪着他，原来，任何感情都需要时间灌溉，枯萎的苗秧渐渐复生。

一日，宁波向姨丈请辞。

姨丈大吃一惊："你要出去另起炉灶，与我邵某人打对台、抢生意？"

"没有的事，我辞职后退休。"

"我不相信，日方中天，如何言退？"

"世上除工作外还有许多赏心乐事。"

"是吗，那都是些什么？"姨丈十分置疑。

宁波笑不可抑，她知道都会中还有百多万此类工作狂，都认为生活中除出苦干没有其他。

那也不是坏事，就是这些人把社会搞得蒸蒸日上，无比繁荣。

"我想多花点时间在我家庭上。"

"对，"姨丈想起来，"你新婚。"

"不算新了。"

他好像忘记他送了他们一对名贵钻表当贺礼，结果孙经武从来不戴，宁波戴那男装的，倒不算恶俗，女装的锁在保险箱里。

"你告假好了，半年，一年，随便你。"

"不，我余生都想自办公室退下。"

"你会闷的。"

宁波微笑："不会，姨丈，我自幼在你家长大，你知道我从未做过真正小孩子，我其实没有童年，现在我想拾回童真，为自己兴趣做一点事。"

"那又是什么？"

"学跳舞，写一本小说，画水彩画，看风景。"

"不赚钱了？"

"暂时停一停。"

"赚够了？"

"心足就是够。"

"厂又怎么办？"

"这些年来，厂内已经成立一套新式管理制度，谁去谁留都不是问题，照常运作。"

邵某不由得说："全是你的功劳。"

宁波也不想谦虚，她初进厂际，只见几个老伙计势力膨胀，功欲盖主，账目含糊，虽云赚钱，行政完全不上轨道。她看准机会，排除异己，树立新制，那时不知受多少人诅咒。

背后叫她小妖女。

她为这间厂花了不少心血，如今身为董事，衔头受之无愧。

"你若真要走，推荐一个承继人给我。"

"麦承欢很好。"

"承欢太漂亮了。"

"唏，这怎么好算缺点。"

"客户目不转睛盯牢她，怎么开会谈生意。"

"我让她脸上搽点黄粉，扮丑些。"

"那就升承欢吧。"

宁波握紧姨丈的手。

"没想到你比我还早退休。"

宁波轻轻答："因为我不贪钱。"

何必赚够一亿呢，起早落夜，生命全放在工作上有何意义，开头是没办法，一无所有，不想日后睡坑渠，就得发奋努力，一天做足十六小时，天未亮回厂，坐在一间没有窗口的房间里埋头苦干，下班时天早已黑透，长年累月不见天白。

也好，早点贪钱，贪到一个时候，可以收手不贪，不知多清高逍遥。相反，少壮时卖弄潇洒，老大时就得待在原地为米折腰。

宁波的思想一早就搞通，她现在为自己赎身。

姨丈感慨地说："时间过得真快，你进厂来的时候，还是黄毛丫头呢。"

"是，现在老大了。"

正印知道此事，点头叹道："江宁波，你自幼异于常儿，做事出人意表。"又问："退休后往何处？"

"就往本市，"宁波回答，"还有什么地方更为精彩？"

起先她还怕没有工作会不习惯，一个星期后觉得做人可以不理会清晨的闹钟简直是乐事。

与孙经武趴在床上看报喝咖啡讨论时事经济以及那天该何处吃饭就已经到中午了。

他们开始去看两点三十分那场电影。

"中学毕业后还未看过两点半。"

"我已有十年没在电影院看戏。"

"唏，时间全用到什么地方去了？"

"不知道，现在想起来真是浪费。"

"回头是岸，还来得及。"

夫妻俩连衣饰都换过了，开始穿便服，又添一辆跑车及吉普车，不务正业。

要到翌年，孙经武才打算回到伦敦大学去教书。

他并没有天真到理所当然地认为宁波会跟他走。

他含蓄地向："你爱住在伦敦哪一区？"

宁波答："我不去。"

"至少帮我安顿下来。"

"你不需要。"

"宁波，你是我的爱妻，你应当跟在我身边。"

"爱妻也是人，有生活有生命，不能拨冗做不喜欢做的事。"

"宁波！"

"我不习惯坐在家中等丈夫下班，在伦敦我无事可做，日久生闷，对己对人都无益。"

"那我也不去了。"

宁波咧齿笑："校花都在经济系等你呢！"

孙经武看着她："急难之时你才最爱我。"

"那是你最需要关怀的时候。"

孙经武悻悻然："我不能老做落难公子呀！"

宁波伸过手去，轻轻抚他脸颊："我会来看你。"

"那是不够的。"

"那么，让我做好朋友。"

孙经武悲愤莫名："到了这种地步才做朋友？"

"总比做手足好，"宁波无奈，"经武，你也知道我俩的感情已经升华至不脸红不心跳的地步了。"

"宁波，没有异性可以恒久令你怦然心动？"

宁波遗憾："你的意思是，全世界夫妻都老皮老肉那样在过日子？"

"宁波，处世做事你何等成熟老练，在这个范围你何其幼稚！"

"不妥协就是不成熟吧？你说得没错，在别的事上我太过迁就，所以在感情上马虎不得。"

"你这傻子，到四十岁你就知苦。"

宁波只是笑。

"少年夫妻老来伴你听过没有？"

"孙经武，你老了吗？我还没有呢！"

孙经武半晌说："我俩享受过无懈可击的婚姻生活。"

"是，"宁波承认，"我曾经非常快乐。"

她还是陪他到伦敦走了一趟。

孙经武没有入住宿舍——"太像大家庭了，我害怕公社式生活。"他在武士桥[1]有自置公寓，稍加装修即可入住。

稍后正印带着囡囡也来了。

姐妹俩回忆大学时期的往事，只觉不可思议。

正印说："哪里像旧事，简直像前生的事。"

"是呀！彼时的喜怒哀乐，今日看来，何等可笑。"

"那些在门外等到天亮的男生，现在不知怎么样了。"

"不外是人家的丈夫，孩子们的父亲。"

正印笑："大概都事业有成吧。"

"一个人无须事业有成也可以很快乐。"

"宁波，你的确一直坚持此点。"

囡囡这时过来问："你们谈些什么？"

宁波打量外甥女："已经不用光顾童装店了吧？"

"去年足足长高七公分，如今穿小号大人衣服。"

宁波只是笑。

---

[1] 武士桥：又译为骑士桥（Knightsbridge），在英国伦敦市中心西部。

正印问："你决定与经武分居？"

宁波颔首："夫妻到了接吻都觉得尴尬之际，不分手还待何时。"

正印微笑："我知道你的意思，你为他，他为你，彼此相爱，可是情同手足，亲热如乱伦。"

"你真是明白人。"

正印更正："我是过来人。"

宁波说："来，让我们逛街喝下午茶。"

回家之后，宁波去探访父亲。

江氏问起女婿："经武呢？"

"我们分开了。"

江氏很诧异："不相爱了？"

"不，只是不在一起。"

江氏相当豁达："你们年轻人处世另有一套，离婚对你们来说好像不算一回事，你母亲却一直抱怨我没给她一段理想婚姻。"

"她不同，那个时候，女性对男性寄望比较大。"

"你们呢？"江氏疑惑了。

宁波笑："我们？我们自己来，我们不求人。"

江先生看着女儿："其中也有辛酸吧？"

宁波直认不讳："当然有，生命根本就凄酸。"

"你母亲可知此事？"

宁波笑答："不忙告诉她。"

父女一时无话。

半晌，宁波问："爸你可要钱用？"

"不要不要，我够用的。"

"可是你住所那么狭窄……"

"子不嫌父贫。"

"是是是是是。"宁波唯唯诺诺。

方景惠女士终于知道了消息，十分遗憾。

"从前，婚姻是一辈子的事。"

宁波笑："可不是，一拖便是大半生。"

"宁波，我不许你在这种事上嬉皮笑脸！"

"是是是是是。"

母女之间始终有一道鸿沟。

宁波没闲着，计划甚多，因有时间，与正印密切来往，无话不说。

一天，她在车上，接到正印电话。

"我找到他了。"

"谁呀？"懒洋洋。

"那个我一直想要找的人。"

"阁下一年起码看到十个八个你一直要找的人。"无甚兴致。

"你出来，我指给你看。"

"我没空。"

"你无聊到在学烹饪，你以为我不知道？"

"民以食为天，做菜是大事，你别小觑它。"

"你不是没有空。"正印抗议。

"女儿已经那么大了，你也不收敛一下。"

"错矣，女儿大了母亲仍需生活，这是我私事，除你之外，并无人知。"

宁波想一想："你完全正确。"

正印报上地址："现在可以来吗？"

"那是人家的办公室吗？"宁波存疑。

"是一间拍卖行的预展室。"

原来如此。

其实宁波就在附近，十分钟后就到了。

一走进会所就看见邵正印。

她的状态最佳，穿乳白色套装，一双极细的高跟鞋，卷发披在肩上，正在低头看玻璃橱内的陈列品。

正印与宁波同样拥有天然卷发，不知道传自哪一位外祖，年纪大了，头发越长越直，正印不甘心，时常把它烫皱，宁波却觉得直发比较容易打理，并不介意。

从这个角度看过去，鬈发还是充满野性美的。

宁波走近，轻轻咳嗽一声。

正印抬起头来，十分喜悦："来，宁波，告诉我，"她指指玻璃柜，"这是什么？"

宁波一看："这是清乾隆粉彩胭脂红地琮式瓶，今天价值一百万港元左右。"

"我知道你会如数家珍。"

"人呢？我又不是来看瓶瓶罐罐的。"

"靠你了，我对古玩一无所知，怎么攀谈？"

宁波不语，那是正印不用心，姨丈最喜欢这些玩意儿，家里也收了不少，宁波闲时陪姨丈聊天，耳濡目染，听都听懂了，才随口就可报得出来历。

"人呢？"

正印伸出左手尾指，往右边指一指。

宁波微微侧过头去，看到一位华籍男子，身形十分好，衣着得体，头发与手指均十分清洁，正不卑不亢与客人谈话。

宁波微笑："不过仅仅及格而已，缘何青睐有加？"

正印不服气："你太刻薄了，待他转过身来。"

话还没讲完，他已经向她们走来。

宁波明白了，那是一张非常有书卷味的脸，看了令人舒服，都会中有太多猥琐的面孔，简直令女性害怕。

他微笑，递上名片："两位小姐，我能效力吗？"

宁波看一看名片，上面印的是英文，他姓罗，是拍卖行东方文物部中国陶瓷组的主管。

他问："不知两位对目录中哪一项有兴趣？"

宁波微微笑："不敢当，我们不过看看。"

他答："喜欢看就好，我就是这样入行的，幼时我祖父家有一对杯子，杯上画着一窝鸡，只只都栩栩如生，我真爱看，渐渐入迷，干脆到大学修东方文物。"

"啊！"宁波笑了。

这人谈吐何等亲切，如今连一个在古玩生意上赚佣金的人都有如此修为，真不简单。

宁波笑："那是一只斗彩鸡缸杯吧？"

"猜对了，这里有一对相似的，请过来看。"

正印轻轻说："爸好像有一对。"

宁波查阅价目："增值一百倍了，回去真得告诉姨丈，"她转过头来，"罗先生中文名字不知如何称呼？"

他欠欠身："罗锡为。"

宁波问："这个展览不知到什么时候？"

"还有五天。"

宁波取出名片交给他："我们再联络。"

正印见他们二人彬彬有礼，毫无进展，忍无可忍，抢先说："家母想看一看这对杯子，可否送到舍下让她过目？"

宁波听见一怔，心想大拍卖行可能没有这样迁就的规矩，可是那个罗锡为一口答允："我亲自送上来。"

正印喜问："什么时候？"

"今天黄昏七时可方便？"

正印答："太好了。"

宁波拉一拉她的衣角。

"我们先走一步。"

到了门口，正印说："宁波，你宝刀未老，马到功成。"

"这几年欧美经济不景气，不然他们做生意无须如此委屈。"

"你可喜欢此君？"

"我觉得他有点面熟。"

"待他上门来慢慢谈。"

"邵正印，"宁波看着表妹，"你若是生在古代，又身为男子的话，你会是——"

正印紧张："会是谁？"

"会是抢亲的王老虎吧？"

正印松口气："哦，王老虎，我还以为你会说我是西门庆，把我给吓得……"

宁波啼笑皆非，难为正印处之泰然。

"囡囡在这方面有点像我，已经很在乎小男同学怎么看她。"

宁波感喟："怎么看都不重要，她承继了产业，衣食不忧，管谁怎么样看她。"

"宁波，你仍然对身世耿耿于怀。"

"小姐，因我没有背景，凡事需靠双手争取，我吃多少苦，我要比你用功十倍，才得与你同等地位。"

正印说："那纯是你自卑，其实从来没有那样的事。"

宁波牵牵嘴角，不再说什么。

就当这是她心理障碍好了，如能激发她上进，也就不算缺点。

她两一早在家恭候，宁波已经换上家居便服。

正印说："宁波，自从你不再办公，外出服像便服，便服似睡衣，怪可怕的。"

"你亦试试看，舒服之至。"

正印一直摇头："你才有本事以三十余高龄把粗布裤与白衬衫穿得那么好看。"

"我当这是恭维。"

七时近，宁波问："我可需回避？"

"这又不是楼台会，大家说说笑笑，吃顿饭，多认识一个朋友。"

宁波打算起身迎宾，电话响了，她去接听，吓一跳："阿姨，慢慢讲，车子与人相撞？我马上来。"

正印急急抢过电话："妈，你在哪里？派出所？我怎么会在家？你问这个干吗，我立刻赶到。"

挂断电话，她取过外套手袋就走。

"一起去。"

"不用，"正印叹口气，"多年来都是你为两老服务，今日可轮到我了，养兵千日，用在一朝。"

"也好，你去邀功，我在家做后备，有什么事立刻找我。"

正印出去不到十分钟，客人就来了。

宁波去开门，表情有些尴尬，叫人带了那么名贵的古董来，主人却一个不在。

"罗先生，请进，便饭已准备好，不介意请用一点。"

罗锡为微微笑:"宁波,你不认得我了?"

宁波一怔,他为何口出此言?

"这屋子我来过一次,玄关之外是客厅,左边是书房,右边是长窗,卧室在楼上可是?"

宁波仍然糊里糊涂地看着他。

罗锡为摇摇头:"我如何再认得你?左眼角下有一颗痣。"

宁波张大了嘴,她似想起来了。

许久许久之前,一个小朋友,曾在某个星期六来陪了她一个下午……

宁波侧着头,罗锡为,但有这么一个人,正印约他来见面,可是正印不在家,情况和今天完全一样。

宁波疑惑地问:"那是多少年前的事?"

罗锡为也笑:"不知年之前。"

电光石火间宁波想起来:"罗锡为,明辉小学,坐在我后一排,移民美国——"

"一点不错。"

"罗锡为,别来无恙乎?"又立刻恶人先告状,"又说会写信给我!"

　　罗锡为骇笑，这女孩终于将她的无比机灵发扬光大用在正途并且已经丰收，可是聪明人爱着先机的缺点却始终不改。"我没写信给你？"他反问。

　　"好好好，"宁波挥挥手，"我没回信，可是你也没持续多久，你该不停尝试呀！"

　　"我父母稍后离婚，心情受到影响，故并无再度执笔。"罗锡为有点唏嘘。

　　"今天，正印又不在。"

　　罗锡为坦白说："我根本只是来看你。"

　　"没想到仍然在这屋里相见，"宁波笑，"当中，四分之一世纪过去了。"

　　"一定发生过许多事吧？"

　　宁波邀请他到饭桌坐下，亲自为他斟酒，又过一会儿才慢慢回答："事情过去之后，都不值一说，因为精力时间又得用来应付眼前的危机。"

　　电话铃骤响，宁波心中惦念阿姨，立刻去听。

　　果然是正印："我们没事了，现在回家来。"

　　"阿姨一向小心，怎么会撞车？"

那边正印压低声音："那个人要和她分手，她喝多了一点。"

宁波吃一惊："那么久了，终于还是要分开。"

"是，"正印也很无奈，"有第三者，那寡妇相当年轻，并且愿意带他移民旧金山。"

呵，那样一个都还有人争呢，宁波非常震惊。

"回来再谈。"

宁波转过身来，发觉罗锡为已经准备告辞。

宁波没有挽留他："对不起，今天真不是时候。"

"没关系，我们改天再约。"

宁波送罗锡为出门，看着他把车子驶走。

她一直站在门口，直到正印母女回来。

阿姨浑身有点颤抖，宁波连忙用一张披肩裹住她，并且喂她喝了两口白兰地，扶她进寝室去。

跟着身后是她们熟悉的唐律师。

唐律师说："没问题，让她多休息，明早我再来。"她也轻轻叹口气。

只要是女性，都会忍不住为这样的事叹息吧？

阿姨看着女儿与外甥女，忽然轻轻说："你俩长得这么大了。"

醉眼看人，老是弄不清楚过去现时未来。

正印不语，宁波笑着敷衍："可不是。"

"我也不至于笨得以为他会是一辈子的事，可是，到真的发生了，仍然难过。"

宁波握住阿姨的手。

阿姨垂下头："真累，就这样睡下去，一眠不起就好了。"

宁波微笑："这叫寿终正寝，是华人一贯向往的一种境界。"

"很难得的一件事吧？"

宁波答："谁不怕卧病数载方能辞世。"

正印忍不住："你们在讲什么，我都听不懂，妈，别理宁波，你好好睡一觉。"

"你总是不了解妈妈。"

正印啼笑皆非："我还没说你不了解我呢！"

"阿姨，明天我们再谈，这几天我与正印都搬回来陪你。"

这时方女士忽然笑了，挥挥手："不必替我难过，这几年我跳过舞，听过音乐，开心过。"

她熄了灯。

正印与宁波退到偏厅坐下，宁波自斟自饮。

"阿姨说得对，当年开心过就好。"

"替她查查账目，看那个人卷走了多少。"

宁波但笑不语，把酒杯放在脸颊边摩挲。

"我说错了吗？"

宁波感喟："金钱其实没有什么大用处，除出衣食住行，世上能够买得到的东西多数只是次货。阿姨又不笨，心中早已有数，这次投资并不算完全失败，对方的确付出时间精力来交换。"

正印忿忿地说："我母亲还赔上十年光阴。"

"那人也是呀！他也已经年老色衰了呀！这想必是他最后一宗生意，他是立定心思跟那寡妇去从良了。"

"但愿六个月后那个女人甩掉他！"

"会的，一定会，不过可能不是六个月，也许是三年或是四年。"

正印心里好像舒服了一点："宁波，你真看得开。"

宁波诧异："能不看开吗？何必跟自己过不去呢？以我的出身，挣扎至今日衣食不忧，应当感恩了吧？"

"可是，生活中还应有更高的要求吧？"

"所以陪你疯呀！你说看到什么好货，我一定出来帮眼。"

"对，"正印想起来，"那位罗君呢？"

"回去了，这上下哪有工夫应酬他？"

"宁波，到你五十六岁时，你还会不会追求异性？"

宁波很坦白："会，干吗要退缩。"

"要是他比你小十年呢？"

宁波笑："我从来不会让这种小节阻挠我办正经事。"

这时身后有一把声音说："你们还没睡？"

是方景美女士，她已经没事人似的，正印与宁波放下心来。

表姐妹俩却辗转反侧，各人在小床上看着天花板到天亮。

早上又被方女士奚落："怎么一回事？失恋？看上去比我还憔悴。"

宁波与正印用手托着头，面面相觑，苦笑。

下午，宁波去探望母亲，说起阿姨和那个人已经分手的事。

"那人到底叫什么名字？"

宁波侧着头："阿姨肯定介绍过，我却没留意，一直以为他三两个月就会失踪，何必费神去记名字？早知有十年那么长时间，记住了也好称呼。"

"现在又不用了。"

"可不是。"

"景美说，他对她很细心。"

宁波承认："我从未见过姨丈那么体贴过。"

"那么说来，景美也算值得。"

"咦，妈，听口气你并不反对。"

"她的事我凭什么有意见，每个日子都靠她肉身逐分逐秒，一步一步挨过，冷暖自知，谁有资格批评她？"

从娘家出来，宁波马上拨电话给罗锡为："昨晚一顿饭没吃好，今天我补请。"

罗锡为意外："我正想找你，没料到你会主动。"

宁波叹口气："来日无多了，非紧张一点不可。"是受了刺激后的反应吧?

"时间地点任你选择。"

她把他请到家里,做了烤牛肉与姜茸布丁款待。

罗锡为笑:"如此厚待,无以为报。"

"老朋友了,不客气。"

渐渐对着旧时小友把往事全勾出来复述一遍,一点顾忌都没有,讲到委屈之处,眼都红了,他像她失散多年的唯一亲人,在他面前,她不怕失礼。

然后她问他:"这么些年来,你仍独身?"

罗锡为想了想:"十三岁那年,爱上一个西班牙裔女同学,棕色大眼睛,白皮肤,高挑身段,差点私奔,后来蹉跎下来,晃眼至今。"

"想起来恍若隔世?"

"就是这种感觉!"

宁波笑了。

"一生中恋爱过两次,也不算坏了。"

宁波知道其中一次指的是她,连忙答道:"不敢当不敢当。"

罗锡为笑笑："不用客气，该次恋爱的感觉，到今天仍然十分鲜明，错不了。"

宁波唯唯诺诺："蒙阁下不弃……"

"真庆幸你长大成为一个成功乐观健康的人。"

何出此言？宁波愣住，她应该有病态吗？

"至今你仍与邵正印往来，可见你宽宏大量，不记旧恶，同学都看不过眼她欺侮你，功课忘了带，便问你要了去顶包，罚抄，你代写，真替你不值。"

不是他提起，宁波通通忘了："是吗？"她诧异地说，"有那样的事吗？"

"我们都知道你住在她家中，很委屈。"

"不，不是这样的，邵家对我很好。"

罗锡为笑了："最要紧是当事人不介意。"

江宁波说："我都忘了。"

"有一次下雨，我看见你帮邵正印打伞，为了遮她你半边身湿透，自那日起，我们都不喜欢邵正印。"

宁波真的一点印象也没有："不是有车子来接吗？"

"下大雨交通挤塞需要等候。"

宁波像是说别人的事似的："原来如此。"

"宁波我真欣赏你的性格，你从来不与人争。"

宁波微微笑，是她的何必争，不是她的争不到，不如省下力气干正经事。

她看着罗锡为："与你聊天真是乐事。"

"那你会不会因此与我结婚？"

宁波大感意外，都对她那么认真，都想与她正式结婚，她该如何报答这个知遇之恩？

当下她笑笑："一般的程序都是先友后婚。"

罗锡为也笑："你我八九岁时已经是好朋友了。"

"我并不擅长结婚。"

"你可以考虑，我不介意等，"他又迟疑，"别叫我等太久。"

"我江宁波从来不耽搁任何人。"这是真的。

罗锡为走后，她收拾厨房，把厨房碗碟洗出来，忽然想起打伞那一幕来。

她也以为自己忘记了，但其实没有，它埋藏在脑海某一角落，掀出来重映，形象清晰鲜明，宛如昨日。

正印忘了带伞，但是不要紧，宁波一定有，问宁波要好了。"宁波宁波，这边来。"皱起眉头呼喝她，同学们厌恶地看着邵正印，正印就是这点笨，懵然不觉，她哪里懂看人脸色。

宁波连忙迎上去，雨很大，正印把伞往自己头上拉，书包交给宁波拿，宁波一手护着两只书包，一手打伞，在街上站了半小时车子才来，手臂都酸了，一边校服裙子滴水。

回到家中，连忙换下衣服拿到洗衣房去熨干，老用人阿欢待她不错："二小姐我来。""不，我自己会。"为着阿欢的善意，她退休的时候，宁波送她一套金饰。

这样的童年，江宁波介意吗？她想都没想到可以介意，这是她的命运。

现在，她住的公寓，连厨房都可以看到海景，还有什么遗憾呢？

之后，每天早上七时过，罗锡为都拨电话来问她："宁波，考虑清楚没有？"

她喜欢那种温馨的感觉，故此拖着他："正在郑重推敲，快了。"

然后，消息传开了，连孙经武都问她："宁波，如果你考虑再婚，我会给你方便，让我们速速办手续离婚。"

"咦，一点都不妒忌？"

"不是不难过，而是不至于伤心到要破坏你的幸福。"

"对于你的大方，我深深感激。"

孙经武酸溜溜地问："那人，各方面都十分理想的吧？"

宁波想了一想："现在我找的是一个伴侣，和他在一起很舒服，他是我小学同学，我的事，他全知道，真自在。"

"你打算与他白头偕老？"

"那倒没有，可能还有变化，谁知道，还没在一起就有非得厮守一辈子的压力，太痛苦了。"

"老好江宁波。"

"你再用这个老字，不要怪我叫你好看。"

孙经武说："律师会寄文件给你。"

"谢谢，君子成人之美。"

阿姨知道这事，问宁波："你妈见过罗锡为没有？"

宁波微笑，母亲生活简单，她不想多打扰她："我怕她弄不清楚谁是谁。"

"不会的，她擅长记名字，一班学生四十个名字她都记得。"

宁波仍然微笑："这倒好，把女婿编成一班，画个座位表，保证错不了。"

阿姨忽然沉默，过一会儿才说："宁波，我说话造次了，你别多心。"

宁波讶异地说："阿姨何出此言？我怎么会多心？我们是一家人。"

阿姨更不言语。

片刻宁波离去，方女士扬声："你好出来了。"

自书房缓步走出的是她前夫邵氏。

"你为什么躲着宁波？"

"我怕她犀利的目光。"

"别说是你，连我都有点不自在，今时不同往日，宁波和我们没有纠葛，她就算欠我们什么，也已十倍偿还。"

邵氏困惑地说："我记得我们待她一如亲生。"

方女士叹口气："怎么会？正印有错，我大力责打，对宁波，我总是客客气气。"

"那只有好呀！"

"不，对孩子来说，那是一种分别。"

"可是宁波那么乖巧，何用责罚？"

"小孩总是小孩，也有闹事的时候，我老是假装看不见，因非亲生，不知如何管教，不谈这个了，你来找我有什么重要的事？"

"我请求复合。"

方女士愣然，像是听到世上最好笑的事一样。"不可能，"她断然拒绝，"我不会多此一举，今时今日，你有的，我都有，甚或比你更多，我没有的，你又不能给我，我为什么要与你复合？"

邵氏咳嗽一声："看在旧时情谊——"

"旧时？"方女士好不诧异，"你还记得旧时？我却忘了。"

邵氏知道无望，只得讪讪离去。

方景美吁出一口气坐下来。

她当然不知道正印会闹上宁波家去。

这个时候，正印正指着宁波说："是我先看见罗锡为的，"她铁青着脸，"你把他交出来。"

宁波把双臂抱在胸前："正印，我不知你在说些什么，请你重新整理思绪。"

"你抢我的人！"

"胡说八道。"

"自小你妒忌我，你一直阴森森，在我身边觊觎我拥有的一切，你以为我不知道？一直以来，你故意突出你的纯良来反映我的不羁，你故意描黑我，自小至今你暗暗和我过不去！"

宁波吃惊地瞪着她："这一切都是为着罗锡为？"

"不！是为着多年来我胸中一口鸟气。"

"你受气，你有何气可受？"宁波的声音尖起来，"自幼你是公主，我是婢女，在人檐下过，焉得不低头，你别黑白讲！"

邵正印冷笑连连："你什么不和我争？连发型都模仿我，打扮得与我一模一样，鱼目混珠。"

宁波震惊："啊，你心里一直如此想？"

"你把罗锡为交出来，万事俱休，否则别怪我对你无礼。"

"你什么时候对我有礼？"

"我视你如姐妹。"

"幸亏你没有亲姐妹。"

"好，三十多年后总算口露真言，如今羽翼已成，可以与我平起平坐了。"

宁波不相信双耳："这一切，都是为了罗锡为？"

"是又怎么样？"

"他只不过是个古董掮客。"

"那又为什么霸占着他？"

"他喜欢的是我。"

"你当然如此说，你是次货，我是正印，自小学三年级起都是我先看见他。"

"邵正印，我不想再与你说下去，太有损人格了。"

"江宁波，你现在有人格了，"邵正印不住颔首，"不再是那个瘪兮兮到我家来求乞的灰姑娘了。"

江宁波忽然很疲倦，为免讲得更多更错："邵正印，请你走。"她不得不逐客。

正印厉声道："我与你绝交。"

宁波声不由主："谢谢你释放我。"

她用力关上门。

这是真的。

多年来她与这个性情完全不相近的表妹做朋友，不过是因为情不可却。

这下好了，自由了，仰人鼻息的岁月终于过去。

欠人一钱，还人一斤，还欠一石，利滚利，一辈子偿还不了，此刻邵正印自动提出绝交，再好没有。

负完气，又深深悲哀。

江宁波这个人，无论做什么都诚心诚意全力以赴，到了今日，连她自己都弄不清对邵正印是真心还是假意。

幼时初见正印，只觉得她嘈吵，不住地讲话，实在无事，把人的名字也叫十来遍，又喜欢支使人，父母与用人被她搞得团团转，片刻都需要全屋注意力集中在她身上，每做好一样功课，需父母鼓掌，宁波就从没见过那样的人，自然处处避开她。

可是正印又特别喜欢找宁波玩，几个月后，宁波发现邵正印有一点优点，呃，或者说，是缺点，那就是反应比较钝，当着面讽刺她也浑然不觉，她只是蛮，不算厉害。

可是当母亲问起，宁波只是说："好，很好，每个人对我很好，我觉得很好。"

能不好吗？江宁波根本无处可去。

寄人篱下，日子不好也得过，不如赞不绝口，歌功颂德，大家高高兴兴。

日后，把这种自幼训练成的功夫用一两成在客户身上，客户已觉得舒服熨帖，明年再来。

日久生情，邵家也就成为宁波的亲人，与父母反而疏远，真没想到就连她都相信邵正印确是江宁波亲姐妹之际，正印却跑来拆穿这件事。

真残忍。

她坐在露台上发呆。

如今想不结婚也不行了，她已失去所有亲人，唯一依靠便是罗锡为。

江宁波真为罗锡为和邵正印绝了交。

阿姨不相信。

宁波无奈："他是导火线，我与正印交恶，是因为我一生都妒忌她。"

阿姨诧异："奇怪，她也说一样的话，你俩口气如出一辙。"

宁波哑然失笑："她妒忌我？"

"是，你的人缘，你的功课，你的事业……样样都比她好。"

宁波挥着手："那是因为我加倍努力，故成绩斐然，她要那些来干什么？父母通通已为她准备妥当，白痴都能过得很好。"

"她就是那么说，她说她像白痴。"

宁波温柔地说："她才不是，她不知多聪明，资质胜我十倍，稍微用功，便艺冠全场，她只是慵懒，净挂住恋爱，无心向学，饶是如此，也还在银行步步高升。"

"看来你们双方并无恶意，何不言和？"

宁波感喟："天下无不散之筵席，大家年纪也大了，心事重，烦恼多，不可能像青少年时期那样诚心诚意做朋友。"

"不觉得可惜？"

宁波答："我自幼连家都没有，亦无惋惜，凡事随缘，不必遗恨。"

阿姨唏嘘："连我来说项都不管用，宁波，你的心的确刚强。"

宁波欠欠身，是，她铁石心肠，否则怎么会自幼实事求是，从不淌眼抹泪。

"别让那罗锡为知道你们姐妹俩的事，他会骄傲。"

可是，她们母女不晓得，罗锡为根本极之讨厌邵正印。

灯火阑珊处

伍·

红颜弹指老，刹那芳华。

四十岁时

　　孙经武进场的时候，江宁波不禁喝一声彩，此君越来越成熟潇洒漂亮，难怪座上女士们都悄悄把目光放在他身上。

　　他对前妻显然亦有同感："宁波，你永远像一朵花。"

　　宁波笑答："是是是，塑胶花，不然怎么经得起风霜。"

　　孙经武忽然问："还在结婚吗?"

　　"这算什么问题?"

　　"你我之间，还有什么话是不能说的。"

　　宁波温和地笑："是，我与罗锡为仍是夫妻。"

孙经武困惑地说："为什么我与你的婚姻才持续两年，而你和他却可以维持六年？"

"你倒是把日子数得很清楚。"

"因为嫉妒的力量最强，无所不能。"

宁波微笑。

"说呀！"孙经武催她。

宁波答："因为我与他有说不完的话。"

孙经武嗤之以鼻："说话，我也会，我陪你聊好了。"

宁波笑："可是我当初嫁你，没把你当聊天对象。"

"你当我什么？"

江宁波不肯作答。

孙经武悻悻地说："我知道，当年你只不过想得到我的身体。"

宁波按住他的手："再说下去，孙教授你就要名誉扫地了。"

并非过虑，邻座几位时髦女士正竖长耳朵偷听他们的对白。

可是孙经武不理，他气忿地说："后来，你对我肉体厌倦，便抛弃了我。"

宁波把他的手放在脸颊上："你真懂得讨一个中年女子欢喜，谢谢。"

孙经武这才放低声音："为你，宁波，我什么都愿意，我爱你。"

宁波也笑了："奇怪，我俩是怎么离的婚？"

"我不知道，我爱你一点也不褪色。"

宁波忽然说："喔唷，我的丈夫来了。"

孙经武一怔。

宁波见恶作剧得逞，大笑起来。

不不不，罗锡为并没有出现，罗锡为在纽约总公司公干。

"让我们到别处去，这里太多一双双亮晶晶眼睛盯着我们。"

他们选了一个更坏的地方，他们到宁波的家去。

孙经武一看："装修过了。"

因为实在已经是中年人了，宁波把屋子改修成一种乳白带粉红色的油漆，看上去十分漂亮，借之振作情绪。

"他现在也住在这里吗？"

他当然指罗锡为。

"不，"宁波答，"我住在他家，他不住在我家。"

"听说他极之会做生意，佣金赚得很多很多。"

"不比当年的你差啦！"

"没有孩子？"

"自顾不暇啦！"

"对于童年往事，看得出你仍然耿耿于怀。"

宁波笑："孙经武你懂得什么，我与你相处不过两年光景。"

"做你的子女会很幸福，做父母和做其他工作一样，其实不过需要尽责，再多溺爱也比不上承担责任。"

"你呢？你做了父亲没有？"

"看情形吧！看谁对我真心。"

宁波笑不可抑。

"我与你阿姨及正印见过面。"

"正印如何？"是真的关怀。

"艳光四射，不能逼视，听说一个姓童的地产商正拼死命追求她。"

"童润章。"

"正是此人，可是你阿姨顶不欢喜他，嫌他老，说女婿年纪不能比丈母娘更大。"

宁波忽然觉得寂寞，自己姐妹的事竟要由人转述。

"听说正印和你已经没有来往？"

宁波颔首，这不是秘密，所有亲友都知道此事。

孙经武摇摇头："女性的友谊，大抵不过如此。"

宁波立刻更正："你应该说，整个人类的友谊都很脆弱，根本靠不住。"

孙经武微笑："仍然维护姐妹啊！"

"这是事实，人与人之间总会生隙嫌。"

"多可惜，你俩曾经形影不离。"

这是真的，下床第一件事是找正印，把昨夜所做的梦告诉她。直到目前，有什么略为奇突的事发生，她总是想，咦，正印会怎么想，正印一定有别致的意见。

"是因为邵氏制衣终于属于你？"

宁波脸色大变："孙经武，连你都用这种口气，我非常失望，邵氏制衣合法出售，我与三位合伙人合法收购，是天公地道天经地义的一项商业行动，我与阿姨姨丈并没有误会，你不得含血喷人。"

孙经武不语。

"总有人会无中生有，无事生非，凭你我交情，应当站起来为我辟谣：'不，江宁波不是这样的人。'不，你不但不为我讲一句公道话，还帮着愉快地散播谣言，你居心何在？"

"我并没有与第二个人提过此事。"

"姨丈年纪大，想退休，正印根本从头到尾没有承继祖业之意，囡囡修的又是建筑系，于是出售制衣厂股份，你别说得好像我阴谋并吞他人财产似的。"

孙经武举手投降："我并无此意。"

"又是我多心？"宁波冷笑，"我只占百分之十五股，乃是授薪董事，打理旧部，安排他们争取合理酬劳退休、转职或留任，纯因感情缘故，办完此事，我一定抛出股份，撒手不理。"

孙经武看着她："同时赚它一票。"

宁波看着他："一买一卖，当然有利润，这是投资之道，否则，款子放银行里，利息再低，也还有四五厘进账，何必劳心劳力冒这种风险。”

孙经武说：“我只是个教书先生，此刻我对赚钱已无兴趣。”

江宁波忽然笑了，过一刻，她转变语气：“看我，多无聊，竟为自己辩护那么久，并做不到四十而不惑。”

“由此可知你多在乎此事。”

宁波摊摊手：“我根本不应跟你抬杠。”

孙经武看看腕表：“我要走了，保不定尊夫回家敲门，届时我可尴尬。”

宁波没有再笑，她送他出门：“再见。”

孙经武忽然温柔地说：“我现在总算明白你为何可以与他长相厮守。”

宁波总算露出一丝笑意：“何故？”

“因为他完全不了解你，他看不到你凌厉无情的一面，可是他爱你，你在他眼中，永远是坐在前一排的少女同学。”

宁波此时已经心平气和：“也许你是对的。”

"保重。"

宁波关上门。

她叹口气，对或错，已经没有关系。

她记得入主邵氏制衣厂第一日，感觉奇异。多年之前，她自学堂出来，到姨丈处做见习生，写字台在他房外一个角落，暗无天日，白天都得开灯工作。

姨丈有个坏习惯，有事只在房内大叫一声，所有员工便放下手头工夫赶进去应召。下午，他兴致来了，大点名，叫完这个叫那个，伙计个个不能专心工作，气得苦笑摇头。

是这样熬上来的呀，江宁波。

她无法不真心待他，因为他是她的恩人。

就算这次收购，仍由她充当中间人，尽量卖得好价，现在，他可以安然移民外国住中型公寓。

那一日，她坐在姨丈的房间里，一眼看见墙角的保险柜，不由得哧一声笑出来。

老式生意人最喜事事一把抓，保险柜放屋里，锁匙系在裤头，便以为万无一失。

宁波又叹了一口气。

她没有踌躇志满？没有没有。有无感慨万千？有有有。

真幸运，宁波想，她居然能把握到每一次机会，否则，一个自幼流离浪荡、寄人篱下的弱女，怎么会有今日。

"二小姐，"人事部主管恭敬地问她，"房间可需要装修？"

"不用，就维持原状好了，把苏成坤与周伯才两位请来开会。"

"是，二小姐。"

那天黄昏回到家里，江宁波若无其事同丈夫说："我终于学会做上海的黄鱼参羹了，你试试。"

罗锡为笑："你又要去上班了吧，以后可不容易吃到你亲手做的饭菜了。"

孙经武说得对，在罗锡为眼中，江宁波毫无缺点，而且从头到尾，罗锡为讨厌邵正印，他一点也不觉得邵同江是一对姐妹花，在罗锡为面前，江宁波没有身份危机。

江宁波现在是邵氏制衣的主人了。

股东建议更名，宁波只是说："正在构思新厂名。"可是半年过去了，一个建议都没有。

宁波的母亲说："为避嫌疑，你应该去买别的厂。"

"不熟不做。"

"可是——"

"妈，你别理江湖事，现在你逍逍遥遥，吃多点睡多一点，随心所欲，多好。"

"你爸——"

"他很好，他转了运了，社会富庶，也比以前老练，懂得欣赏他那样的人，如今，他的不识时务已变为难得的清高，市政府最近请他去主持讲座，题目叫《中文报业沧桑史》。"

"那他一定擅长。"

"天生我才，必有所用。"

说这句话的时候，江宁波不是没有豪气的。

三十年过去了。

时间过得那么快，她甚至没有余暇去检讨后悔某件事，已经有新的决策等着她颔首或是摇头。

现在，她有她的社交圈子、活动范围，她又有家庭有伴侣，不愁寂寞。

邵正印同母亲说："其实江宁波从头就利用我们邵家。"

方女士细心想了想："可是，我们不但没有损失，倒在她身上得益良多。"

正印感慨地说："这就是她过人聪明之处了，若每次招致对方损失，消息传开，谁还愿意同她合作？必定要大家有好处，她才能做长胜将军。"

方女士点头："这么说来，她不只是一点点小聪明了。"

正印答："与她相处那么久，要到今天才懂得欣赏她的心机。"

做母亲的笑："你却并没有跟她学习。"

"天分差远了，她已经贵为老板娘，我，我还是受薪阶级。"

方女士安慰女儿："可是你一直以来衣食住行都比她好。"

正印笑："那是我与生俱来的福分，无须争取。"

对于江宁波来说，做伙计，食君之禄，必需忠君之事，故此非努力争取不可，等当上老板，因是自己生意，多劳多得，更加要重视利润，不争怎么可以。

性格使然，她总无法休闲。

这几年来，她尽量收敛搏杀格，意图做得忙似闲，至少看上去舒服一点——不是在乎人家怎么看她，是她要过自己那一关。

一日下午，她回到厂里，助手任惠珠迎上来："江小姐，日本有摄影师来拍袁龄仪的设计。"

"那多好。"宁波很欢喜，"小袁最近风头十分劲，七月份《时尚》杂志刚介绍过她，我们总算捧出人才来。"

"小袁闹情绪，躲在房间里不出来，人家记者与摄影等了多个小时了。"

宁波忍不住说："神经病，人出名到一个地步承受不住便会发神经，她在哪里？"

惠珠笑："你来劝她。"

宁波一径走到小袁房门口："龄仪，开门，别耍小孩脾气。"

里边没有回应。

"艺术家小姐，就算不高兴接受访问，也不能叫人呆等，不如光明正大请人走。"

房内传来袁龄仪小小声音："江小姐，我忽然怯场。"

"我明白，我陪你喝杯热咖啡，镇静一下神经，把门打开好不好？"

门其实没有下锁，但总不能把她拖出来打一顿。

袁龄仪开门出来，宁波上前搂着她肩膀："年轻多好，可以快意恩仇，肆意而为。"

袁龄仪低下头："我也不算太小了。"

宁波不出声，此刻在她眼中，三十岁也还算年轻。

她问："准备好了没有？"

小袁吸一口气，点点头。

惠珠迎上来说："模特儿那部分都拍摄妥当了，现在只等你了。"

宁波拍拍手下设计师背脊："上吧，你别以为做名人那么容易，总不能一辈子躲躲藏藏不见人。"

宁波回到房中处理文件，一个小时之后，惠珠又过来，这次表情略为为难。

"日本人想访问你，江小姐。"

"我？"宁波不以为然，"关我什么事。"

"小袁言语中提到你，对你推崇备至，所以他们想同你说几句话拍两张照，十五分钟即可。"

宁波无奈，摊摊手。

惠珠笑："小袁很希望你支持她啦。"

"真可恶，无故拉我下水。"

惠珠大喜："那是答应了，我去告诉他们。"

"慢着，为人为到底，把小袁得奖的那套湖水绿酒会服给我穿上做活招牌。"

"江小姐你真好。"

宁波笑："卖花不赞花香行吗？"

换上衣服，补上薄妆，任惠珠喝声彩："真漂亮。"

宁波忽然觉得落寞，轻轻叹口气："红颜弹指老，刹那芳华。"

惠珠却说："待我把你的头发放下来。"

"不好，年纪不宜披散头发。"

"尽管放下看看。"

惠珠与小袁都谙日语，不十分精通，交流有余，宁波在心中想：给比下去了。

她坐到准备好的丝绒椅子上，小袁站在她身后，宁波觉得自己像太婆，嘀咕了几句，惠珠给翻译出来，整组日本人笑了。

气氛一轻松，宁波心情好，便略讲了几句邵氏制衣厂每年用奖学金栽培人才的计划。

十五分钟一过，她便站起来。

这时，她发觉摄影师双手戴白色手套。

为着有手汗吧，大热天，什么都黏糊糊的。

惠珠招呼大家吃茶点。

宁波见有极好的意大利冰激凌，便勺了一整个玻璃碗，坐在一角吃起来。

记者小姐讶异到极点："啊，江小姐，不怕胖？"

宁波一辈子都没担心过这种问题，专吃垃圾食物，从来没有消化不良，也不长肉，但是对着外人，她只是微笑。

这时，有人走过来说："我能坐下吗？"

是那个摄影师，仍然戴着白手套，宁波直到这时才发觉他穿着白衣白裤，看上去十分优雅。

他自我介绍："我姓宫木。"

宁波笑："我得找个翻译。"

宫木想一想："也好，让我畅顺地把心中的话说出来。"

宁波一怔，这个陌生人有什么话要说？

她一扬手，惠珠已经看见，立刻走过来，这一代年轻人的机灵真叫人舒服。

惠珠坐下来，宫木开始轻轻讲述，只见惠珠神情越来越讶异，接着，她开始翻译，语气像讲一个故事。

"我是日美混血儿，父亲在香港做生意，少年时期曾在本市读国际学校，故对此间风土人情不算陌生，成年后承继父亲生意，可是摄影仍是我的兴趣，时常接受任务。"

宁波不出声，他为何与她大谈身世？

且把下文听下去。

"读中学的时候，有一个下午，与一位朋友下国际象棋，连赢三盘，那位朋友输了才发觉我们设有赌注，他输了两张网球赛的票子给我。"

这时宁波抬起头来。

"我带着摄影机去看球赛，拍下一辑照片。"

他随身带着一本摄影集，翻到某一页，传给江宁波看："不知江小姐对这张小照可有印象？"

是惠珠先惊讶地说："这不是江小姐你吗？"

是，是她，正确地说，是她与正印，十多岁，鬈发蓬松，神情无聊，一句"都没有漂亮男生"像是要冲口而出，宁波的手不由自主地颤抖。

照片竟已印成摄影集了。

"事后一直找你们姐妹，那是你的姐妹吧，二人的美貌长得那么相像，想征求同意刊登照片，可是人海茫茫找不到你们，"他停一停，"一直要到今天，才有重逢机会。"

宁波大奇："事隔多年，居然还认得出来。"

那宫木微笑："呵，外形不是变很多，尤其是一头如云秀发，印象深刻，故冒昧相认。"

宁波也是人，当然爱听这样的恭维，半晌她清清喉咙："当年我们也找过你，可是你那两张票子辗转给过许多人，无法追查。"

宫木微笑："我们终于又见面了。"

惠珠已经忍不住啧啧称奇。

宁波问："那天你何故半途离场？"

"呵，太好了，你对此事尚有印象，说来话长，我们另外约个时间谈好吗？可能的话，把你的姐妹也约出来叙旧，相信我，没有其他意思，只是感觉上我们仿佛是老朋友了。"

宁波笑问："你住何处？"

"这两个月我都住本市，请随时与我联络。"

他递上名片，宁波小心翼翼接过。

她问："下个星期三好吗？"

"下午三点我到厂里来接你。"

"一言为定。"

宫木高高兴兴地把那本摄影集送给江宁波，并且在扉页题了字签了名。

他随同事离去。

宁波半晌不能作声，摄影集叫《少女的风采》，收录世界各国少女的照片，出版日期是十年之前。

惠珠在一旁轻轻说："像小说里的情节哩。"

年轻的她深深感动。

宁波知道她在想什么，她一定认为，有了这样一个结局，当事人死可瞑目。

江宁波可不那么想。

她把衣服换下，袁龄仪向她再三道谢："真没想到江小姐你把设计的精髓全表现出来了。"

为什么没想到？是因为她已是阿姨辈了吗？幸亏有照片收在《少女的风采》摄影集中，否则真无法证明她也年轻过。

她笑着朝袁龄仪摆摆手。

众人都退出去了，她找到一包香烟，点起一支，缓缓吸一口，朝着天空试喷烟圈，结果引来自己的讪笑。

那么些年了，一直是她们姐妹俩要找的人，这段日子她们从来不曾忘记过他，终于见了面，他并没令她失望，可是姐妹俩已经生疏了。

"把你姐妹也约出来，那是你的姐妹吗？两人的美貌是那么相像……"

宁波用手抚摸脸颊。

美貌吗？肯定不比别人差，可是她从来没有心情或是时间以美貌为重，江宁波她总是匆匆忙忙赶着做一些更为重要的事。偶然也觉得委屈，不过希望在人间，明年吧，老是安慰自己：明年升了职、替母亲置了房子、结了婚、解决了这个难题之后，有时间必定要好好整理一下衣柜行头。

可是过了一关又一关，江宁波爬完一山又一山，等到她松下一口气来，发觉不尽情打扮也不妨碍什么，索性松懈下来。

好些日子没见正印了。

怎么开口呢？"你好吗""最近日子可好""和什么人在一起""囡囡进中学了吧"……

真羞耻，彼时若能稍为低声下气，当可避过这个劫数。

她揉熄烟头，离开邵氏制衣厂。

一径往阿姨家去。

阿姨家有客人，几位女士正陪她一起欣赏一个英国古董商人携来的古董镶钻首饰。

亮晶晶摊满一书桌。

阿姨说："宁波，你也来挑几件。"

宁波只是微笑，她可是一点也不感兴趣。

垃圾，她心想，除却现金地产以外，通通都是垃圾，垃圾又可分两种，就是好品位的垃圾与无品位的垃圾。

太太小姐们忙着讨价还价，气氛热闹。

好奇心人人都有，宁波不禁悄悄探头张望。

她一向不戴耳环，手上只有订婚及结婚两枚指环，从不脱下，项链需光着颈子才能配戴，偏偏宁波自幼最怕露肉，也许只有胸针有用。

她参观半晌，完全不得要领。

身边一位太太拿起一条手镯："这个好，你戴这个会好看。"

宁波一看，是由碎钻拼出英文字句的一条手链，字样是"蜜糖快乐十六岁"。

她不由得恻然，这样有纪念价值的东西都需卖出来，可见生活真正逼人，所以江宁波她做对了，先把经济搞起来，然后才有资格耍性格、沾沾自喜、懊恼、顿足……

她问阿姨："囡囡快十六岁了吧？"

阿姨答："嗳，我怎么一时没想到。"

宁波把那商人拉到一旁："打个三折。"

"小姐，这不可能——"

宁波瞪他一眼："你在她们身上多赚点不就行了。"

"这这这——"

宁波立刻放下那件首饰。

那商人无限委屈："小姐，你别对别人说——"

宁波得意扬扬，付了现款，取过收条，然后发觉其他女士二折就买到她们所要的东西，宁波不怒反笑，可见逢商必奸。

阿姨喝了一口茶问她："你今天来干什么？居然陪我们鬼混，由此可知必有所图。"

明人面前不打暗语："我想与正印言和。"

"唷，"阿姨连忙摆手，"别搞我，你们二位小姐的事，你们自己去摆平。"

阿姨也会落井下石，真没想到。

过一刻囡囡也来了，这孩子长得另外一种风格，英姿飒飒，一见礼物，非常高兴，立即佩上，宁波叮嘱："可别弄丢了，无论如何要珍惜它。"

囡囡疑惑地看着她："送这样的好东西给我，有什么条件？"

宁波咳嗽一声："我想与你母亲言和。"

囡囡哗一声叫出来："不关我事，谢谢这件生日礼物，再见。"笑着逃出去。

宁波呆呆地坐着。

阿姨笑着过来说:"这些年了,为何回心转意?"

宁波取出那本摄影集:"你看。"

阿姨惊呼:"哎呀,多久以前的照片?"

宁波眼睛都红了:"十六岁。"

阿姨深深叹口气:"啊!十六岁!"

过一会儿又说:"照片是谁拍的?怎么会登在书上?"
宁波差点没落下泪来:"说来话长。"

阿姨对那张相片爱不释手,又叹口气:"这样吧,这书
放在此地。"

宁波不语。

再过一会儿,她告辞。

囡囡追出来:"波姨,谢谢你的礼物。"

"不用客气。"

"你认识我母亲的时候,就像我这么大吧?"

"啊不,还要小。"

"还要小?"囡囡睁大双眼。

"是，仅仅有记忆没多久，你妈妈还不会放水洗澡，正读《儿童乐园》……唉，那样的好日子都会过去。"

谁知囡囡笑说："那时太小了，什么都不懂，不算好，我认为十六到三十六是最好的日子。"

"那也不算长久。"只得二十年。

"够了。"囡囡比阿姨豁达？不是不是，只不过因为她还年轻。

宁波已把照片翻版，放大、着色，做得古色古香，看上去也就历史悠久。

罗锡为见到了银相架里的相片，就道："你姿势很好，正印一副娇纵相。"

宁波问："你认得出谁是正印谁是宁波吗？"

"当然，左是你，右是她。"

错，左是正印，右边才是宁波，由此可知罗锡为的偏见是多么厉害。

"一眼就看得出来。"罗锡为再加一句。

"是，你说得对。"宁波笑笑。

约了下星期三见面，那一天很快就会来临。

江宁波的内心像一个小女孩那样交战良久，终于叹口气，拿起电话，拨到邵正印家。

来听电话的正是正印本人。

宁波咳嗽一声："我是宁波，有时间讲几句话吗？"

"呵，宁波，"正印的声音十分愉快，"什么风吹来你的声音，长远不见，好吗？"

宁波十分震惊，她再说一次："我是宁波。"

"我听到了，宁波，找我有事？"

啊，炉火纯青了，敌人与友人都用一种腔调来应付，在她心目中，人就是人，除出至亲，谁都没有分别。

宁波只得说："借你十分钟讲几句话。"

"别客气，我有的是时间。"

宁波咳嗽一声："你记得我俩十六岁的时候，曾经去看过一场网球赛？"

那边没有回应，好像在回忆。

"你在那天，看到一个穿白衣白裤的男孩子。"

正印仍然不做声。

宁波有点急："你记不记得？"

正印总算开腔了："宁波，那是咸丰年的事，提来干什么？你打电话来，就是为着对我说这个？"正印语气并无不耐烦，只带无限讶异。

"你听我说，正印，我找到他了！"

正印更加奇怪："呵，有这种事，你打算怎么样？"

"正印，他约我们喝茶，你要不要出来？"宁波十分兴奋。

正印在电话的另一头忽然笑了，笑了很久，宁波打断她："喂，喂！"正印这才说："宁波，我已经忘记有那样的事了，我亦无意和陌生人喝茶，宁波，我还一向以为你是理智型，你也不想，你我现在是什么年纪，什么身份，还双双出外陪人坐台子？改天有空，你到我家来，我最近用了一个厨子，手艺高明，做得一手好上海菜，你会喜欢的。"

宁波愣住。

她以为这是她一生最义气之举，因为正印先看见他且一直在找他，所以她不计较前嫌硬着头皮拨电话叫她出来，把他交还给她，谁知她早不再稀罕这件事这个人，使宁波完全无法领功。

她半晌做不得声。

正印很客气，并没有挂线，殷殷垂询："罗锡为好吗？听说婚姻生活很适合你。"

宁波连忙镇定下来："托赖，还过得去，阿罗现在是我老伴，彼此有了解，好说话，你呢？"

正印捧着电话笑，那笑声仍跟银铃似的，一点都没变："我？我没有固定男友，我喜欢那种提心吊胆的感觉：今天会不会尽兴而返？这次会不会有意外惊喜？呵，宁波，这样捧住电话讲没有意思，我们约个时间见面好好谈，下星期三怎么样？"

"好，好。"

"我派人来接你，你没来过我新家吧？装修得还不错。"

"一言为定。"

宁波坐在书房，直至天色渐渐合拢灰暗。

罗锡为自办公室回来："咦？"他看见妻子一个人发呆，吓一跳，"发生什么事，爸妈可好？"

"没有事没有事，我与正印通了一次电话。"

"哦，与她冰释前嫌了？"

"是，她一点也不与我计较，十分宽宏大量。"

"喂，是你主动退让，你比她伟大。"

宁波笑了，她说："罗锡为，你真好，老是不顾一切护短，我需要这样的忠实影迷。"

罗锡为也笑，摊摊手："我还能为我爱妻提供什么？我既不富有，又非英俊，更不懂得在她耳边喃喃说情话，只得以真诚打动她。"

"罗锡为，我已非常感动。"

"你俩有约时间见面吗？"

"有，打算好好聊个够。"

"当心她，此女诡计多端，为人深沉。"

宁波笑："人家会以为你在说我。"

"你？"罗锡为看着贤妻，"你最天真不过，人家给根针，你就以为是棒槌。"

两人笑作一团。

天完全黑了。

第二天回到厂里，宁波把宫木的卡片交给助手惠珠：

"请取消约会。"

惠珠睁大眼睛："什么？"

宁波无奈："照片里两名少女都没有时间。"

惠珠不顾一切地问："为什么？"

宁波有答案："因为，少女已不是少女。"

惠珠忽然挺胸而出："我去。"

宁波讶异地看着她，随即释然，为什么不呢？有缘千里来相会，说不定宫木这次出现，想见的不过是惠珠。

宁波轻轻说："那么，你好好利用这个机会吧！"

惠珠高兴地说："江小姐，祝我成功。"

"得失不要看得太重。"

惠珠答："唏，开头根本一无所有，有什么得与失？"

宁波一怔，没想到她们这一代看得如此透彻，可喜可贺。

宁波轻轻说："你去吧！这是你的私事，结局如何，无须向我汇报。"

惠珠笑笑，出去继续工作。

宁波如释重负。

正印是对的，她与她，现在这种年纪身份，出去陪人回忆十六岁时的琐事，成何体统？

过去种种，自然一笔勾销。

星期三到了，下午宁波出去赴约，不是男约，而是女约。

正印没有叫她失望，准备了许多精美食物，热情招呼客人。

光是水果就十多种，宁波最喜欢的是荔枝与石榴。

正印笑说："现代人真有口福，水果已不论季节，像是全年均有供应。"

她掛出香槟酒。

宁波笑问："今日庆祝什么？"

"大家生活得那么好已值得庆祝，你见过俄罗斯人排队买面包没有？轮得到还得藏在大衣内袋里怕街上有人抢。"

宁波十分讶异，愣半晌："天，正印，士别三日，刮目相看，你终于长大了！"

正印笑吟吟地看着她："你多大我还不就多大。"

宁波与她干杯。

门外传来汽车喇叭声。

只见囡囡自楼上飞奔而下："妈，我去去就回。"

朝宁波眨眨眼，开门离去。

宁波探头出去看，门外停着一辆红色小跑车，囡囡拉开门跳上去，车子一溜烟驶走。

"呵，"宁波说，"你给她那么大程度的自由。"

正印笑："坐下聊天吧，孩子的事不要去理她。"

"当年阿姨也尊重你，你也并没变坏。"

"多谢褒奖，生活好吗？"

"还过得去，刻板沉闷就是了。"

"谁叫你结婚，结了还不又离，日日夜夜对牢一个人，经过那些年，你与他的伎俩早已用罄，那还不闷死人。"

这才像正印的口吻，宁波莞尔。

宁波说："你不同，你无所谓，父母总是支持你，永远在等你，你有没有自己的家都不要紧，阿姨是那种把家务助理训练好才往女儿家送的妈妈，你担心什么，你何需像我般苦心经营一个窝。"

正印看着宁波："这些年来，你对这一点，一直感慨万千。"

宁波讪笑："一个人怎么会忘得了他的出身？"

"我不知道别人，你不应有什么遗憾了，你要心足，富婆，再多牢骚我都不会原谅你。"

宁波怔怔地问："是吗？你真的那么想？"

正印说下去："金钱并非万能，买不回你的童年，买不到我向往的爱情，可是你我也不算赖了，这辈子过得不错。"

"已经算一辈子了吗？"宁波吃一惊。

正印揶揄她："你想呢？你还打算有何作为？"

宁波反问："有机会恋爱的话，你还是打算飞身扑上去的吧？"

"我？当然，"正印笑着站起来，抚平了衣裙，"我天天打扮着，就是因为不知道今天是不是恋爱的好日子，也许这一刻我的大机会就来临了，我不能让自己垮垮地见人。"

宁波看着正印那张油光水滑的粉脸，毫不客气地说："你绝不松懈是为自己，不是为别人。"

正印又坐下来："那你又何必拆穿我。"

宁波也笑了："与你说话真有意思。"

"因为只有我比你聪明。"

宁波讶异："正印,到今天还说这种话,你应该知道我们都不算聪明人。"

"你还嫌不够聪明?"正印跳起来。

宁波叹息："我最聪明的地方是自知不够聪明。"

正印颔首："那也已经很够用了。"

宁波站起来："你我打了一整个下午的哑谜……下次再谈吧。"

正印送她到门口,看她上了车,向她挥手,看她的车子驶走。

回到屋内,电话铃响,邵正印去接听。

"是,来过了,"她对对方说,"仍然很潇洒漂亮,多添一份自信。有没有冰释前嫌?妈,我都不记得我们之间有些什么误会了,是,居然好些年没见过面,不,毫无隔膜,她一点也没变,是,那是好事,说些什么?一直抱怨童年没一个完整的家,是,我没去见那个摄影师是明智之举,陌生人有什么好见,不过,那张照片拍得很好……"又说半晌,才挂了电话。

那边厢宁波把车子飞驰出去，逢车过车，不知多痛快，自十五岁起，她就希望拥有一辆性能超卓的跑车，驾驶时架一副墨镜，右手把住方向盘，左手握一杯咖啡，一副不在乎的样子，这个卑微的愿望总算达到了。

可是岁月也以跑车那样最高速度沙沙逝去，今日，她为着与正印重拾旧欢而高兴。

大家都可以假装什么都没有发生过，真是好。

车子驶近她熟悉的花档，她慢车停下。

还没下车已经看到一只桶内插着一小束薰衣草，这种浅紫色的花在英国春天的郊外漫山遍野生长，与洋水仙一般是半野生植物，可是物离乡贵，宁波喜欢那香味，她一个箭步下车去取。

真没想到另外一只手比她更快，结果变成那只手握住花束，她的手按住他的手。

她连忙缩回手，已经尴尬万分，没想到那人也同样吃惊，松了手，花束落在地上。

花档主人笑着走过来，拾起花束："江小姐，要这一束？"

"不不不，"宁波说，"这位先生要。"

那位先生连忙欠欠身："让给江小姐好了。"

宁波讶异："你怎么知道我姓江？"

那位先生笑："我刚刚听店主说的。"

他是一个十分英俊的年轻男子，穿便服，白色棉 T 恤，一条牛仔裤，身段一流，宁波别转面孔，太露骨了，目光如此贪婪地落在人家身体上确是不应该。

档主把花包好递给她。

那男子跟在她身后。

她转过头，他停住脚步，看着她微笑。

宁波有点困惑："有什么事吗？"

"我住宁静路三号。"他笑笑说，"我们可能是邻居。"

宁波释然："是，我是你左邻。"

他问："你是那位练小提琴的女士吗？"

宁波笑："不，不是我，我已久不拉此调，练琴的是我外甥女，她有时来我家。"

那位男生自我介绍："我姓曹，江小姐，我叫曹灼真。"

宁波暗暗称赞一声好名字。

"我们家上两个月才搬进三号。"

宁波笑笑："有空来坐。"

他踌躇着问："这不是一句客套话吧？"

"不，你随时可以来喝下午茶。"

他笑了，用手擦擦鼻尖："那么，什么时候去呢？"

宁波笑道："你把电话给我，我联络你。"

他立刻把手提电话号码写下来给她。

宁波对他说："得失之心不要看得太重。"

那小曹唯唯诺诺，有点腼腆。

回到家中，发觉罗锡为站在露台上。

他转头对妻子说："那小子是谁？那么猖狂，光天白日之下，勾引有夫之妇。"

"你都看见了？"

"是，一丝不漏。"

"那你看错了，人家才二十多岁。"

"越年轻越疯狂。"

"人家打听拉小提琴的女子。"

"那不是你吗？"

"我？"宁波大笑。

电光石火之间，罗锡为明白了："是囡囡。"

"对了，罗先生，你总算弄清楚了。"

"不是你吗？"罗锡为无限惆怅，"你已无人争了吗？已没人对我妻虎视眈眈了吗？"

宁波坐下来："从此以后，只得我和你长相厮守了。"

"嘎，"罗锡为故作惊骇地道，"那多没意思！"

"是，"宁波无奈，"狂蜂浪蝶，都已转变方向。"

罗锡为说："在我眼中，囡囡不过是刚学会系鞋带的孩子，怎么会吸引到男生？"

宁波只是微笑。

"囡囡几岁？"

"十六岁了。"

"有那么大了吗？"罗锡为吓一跳。

宁波稍后调查到曹灼真的确住在三号。

那个周末，囡囡带着琴上来练习的时候，宁波做好人，拨电话给曹灼真："她刚到，你要不要来？""我马上来，给我十五分钟。"宁波不忍，叮嘱道："开车小心。""多谢关心。"

放下电话，宁波对囡囡说："腰挺直，切勿左摇右摆，记住声色艺同样重要，姿势欠佳，输了大截。"

囡囡叹口气："我痛恨小提琴。"

"将来老了，在家没事，偶尔拉一曲娱己娱人，不知有多开心。"

"哗，那是多久以后的事？"

宁波微笑："你觉得那是很远的事吗？"

囡囡理直气壮："当然。"

"我告诉你，老年电光石火间便会来临，说不定，他已经站在大门口。"

这时，有人敲门。

宁波大声恫吓："来了，来了！"

囡囡尖叫一声，丢了琴，跳到沙发上去。

宁波哈哈大笑前去开门，门外站着的正是焦急的曹灼真，宁波朝他眨眨眼："咦？小曹，什么风把你吹来，进来，喝杯茶，聊聊天。"

囡囡好奇地自沙发上下来："什么人？"

宁波给他们介绍。

心中感慨良多，那个时候，她们的异性朋友怎么好登堂入室，总要等谈论婚嫁了才敢带回家中见父母。

即使是同学，也得选家世清白功课良好的方去接近，那时做人没自由。

两个年轻人谈了一阵子，宁波冷眼旁观，发觉囡囡不是十分起劲。

她提醒外甥女："你不是想读建筑吗？请教师兄呀！"

可是囡囡伸个懒腰笑道："那可是多久之后的事，进了大学读三年才能考法科，慢慢再说。"有的是时间，她不必心急。

二十分钟之后，宁波暗示小曹告辞。

小曹依依不舍走到门口，情不自禁把头咚一声靠在门框上，轻轻对宁波说："从没见过那么美的女孩子，神情与声音像安琪儿似的。"

宁波哧一声笑出来："有没有问她要电话号码？"

"有，记在这里。"他指指脑袋。

"祝你好运。"

"谢谢你，我会需要运气。"

他走了，宁波关上门，问囡囡："觉得那人怎么样？"

囡囡摇摇头："太老了，不适合我。"

宁波大吃一惊："老？"

"他已经二十六岁了。"

"你不是一直说男朋友是成熟点好吗？"

"二十一二岁也足够成熟了，他比我大整整十年，比我多活半世人，没意思。"

宁波哗一声，难怪小曹说他需要运气。

那天晚上罗锡为回来，宁波把整件事告诉他。

罗锡为笑道："幸亏你与我同年。"

宁波看着他："如果你比我小三五岁更佳，我老了，你还有力气，服侍我。"

罗锡为说："有一件事我不明白，囡囡不算不好看，可是比起你和正印小时候，那姿色是差远了，真没想到男生会如此着迷。"

"真的，真的胜过她？"

"漂亮多了！"

"就算是正印，也比囡囡标致。"

"是，囡囡的脸盘略方，没有正印好看。"

"谢谢你，罗锡为。"

"不客气。"

宁波一个人走到露台，往山下看，夜景宝光灿烂，闪烁华丽，也许是疲倦了，她竟一点感触都没有，凭着栏杆，吸进一口气，仔细欣赏那一天一地的灯光。

图书在版编目（CIP）数据

灯火阑珊处 /（加）亦舒著 . —长沙：湖南文艺出版社，2018.4
ISBN 978-7-5404-8523-8

Ⅰ．①灯… Ⅱ．①亦… Ⅲ．①长篇小说—加拿大—现代 Ⅳ．① I711.45

中国版本图书馆 CIP 数据核字（2018）第 017577 号

© 中南博集天卷文化传媒有限公司。本书版权受法律保护。未经权利人许可，任何人不得以任何方式使用本书包括正文、插图、封面、版式等任何部分内容，违者将受到法律制裁。

© 本书简体字版经香港天地图书有限公司授权出版，如非经书面同意，不得以任何形式复制、转载。本书仅限中国大陆地区发行、销售。

上架建议：畅销·小说

DENGHUO LANSHAN CHU
灯火阑珊处

作　　者：［加］亦舒
出 版 人：曾赛丰
责任编辑：薛　健　刘诗哲
监　　制：毛闽峰　赵莳　李娜　刘霁
策划编辑：李　颖　张丛丛　杨祎　雷清清
文案编辑：吕　晴
营销编辑：杨帆　周怡文　刘珣
封面设计：张丽娜
版式设计：李　洁
出版发行：湖南文艺出版社
　　　　　（长沙市雨花区东二环一段 508 号　邮编：410014）
网　　址：www.hnwy.net
印　　刷：北京旭丰源印刷技术有限公司
经　　销：新华书店
开　　本：775mm × 1120mm　1/32
字　　数：123 千字
印　　张：8.5
版　　次：2018 年 4 月第 1 版
印　　次：2018 年 4 月第 1 次印刷
书　　号：ISBN 978-7-5404-8523-8
定　　价：43.80 元

若有质量问题，请致电质量监督电话：010-59096394
团购电话：010-59320018